Die Lausejungen werden erwachsen

Mein herzlicher Dank gilt allen, die mir bei der Verwirklichung dieses kleinen Buches konkret geholfen haben oder mir beratend zur Seite standen.

Außerdem versorgten mich Hans Rasch und Armin Tietzer mit zurückliegenden und aktuellen Informationen aus meiner Heimatstadt. Die zuverlässige Weiterleitung von Artikeln aus den *Itzehoer Nachrichten* verdanke ich überwiegend der Aufmerksamkeit von Anne Schwartz, wobei die stets lehrreichen und einfühlsamen Rückblicke auf die Stadtgeschichte des Heinz Longerich einen besonderen Stellenwert bei mir einnehmen. Da geht einem alten Itzehoer das Herz auf…

Erich Wieck

Die Lausejungen werden erwachsen

Erinnerungen

Bibliografische Information der Deutschen Nationalbibliothek
Die Deutsche Nationalbibliothek verzeichnet diese Publikation in der Deutschen Nationalbibliografie; detaillierte bibliografische Daten sind im Internet über http://dnb.d-nb.de abrufbar.

Von Erich Wieck bereits erschienen:
Itzehoer Lausejungen
2003 Books on Demand GmbH, Norderstedt

© Wieck & Warwas 2006
Satz, Herstellung und Verlag: Books on Demand GmbH, Norderstedt
ISBN 978-3-8334-6764-6

Inhalt

Vorwort	7
Die Harzreise	9
Eine unrühmliche Geschichte	23
Cilli vom Hause Bökenberg	26
Kinobesuch durch die Hintertür	31
Der Weihnachtsmarkt	33
Der verhängnisvolle Musikabend	36
Auf nach Thüringen!	39
In Großenbrode	41
Militärdienst	50
Heimkehr	56
Nachwirkungen	60
Manna vom Himmel	65
Mein kleiner Spatz	67
Gute Aussichten?	70
Nachwort	76

Vorwort

Wenn die Kirchenglocken ununterbrochen läuten, Küster und Pfarrer erfolglos und verzweifelt am Abstellknopf werkeln, die Dorfbewohner in abwartender Haltung verharren und sämtliche Hunde ratlos bellen, dann kann man von einem gelungenen Streich sprechen. So hat uns jedenfalls der Amateurfunker Rolf Bondiek aus Thessaloniki die Reaktion auf sein heimliches Einwirken geschildert. Er hatte sich vom Dorfpfarrer ungerecht behandelt gefühlt und deshalb mit einem anderen Elektrikerlehrling einen Plan ausgeführt, den nur der Dorfelektriker entwirren konnte.

»Wer ein schlechtes Gedächtnis hat, erspart sich viele Gewissensbisse.« meint der britische Dramatiker John Osborne. Die Glücklichen! Rolf und ich gehören wohl nicht dazu. Ebenso wenig wie ein paar Freunde von uns, die sich durch meine geschilderten Streiche an eigene Schandtaten erinnerten und sie miteinander austauschten.

Doch es gab auch Leserinnen und Leser, die sich einfach nur köstlich amüsierten – entweder als Mitwirkende des Itzehoer Nachtjackenviertels der 30er Jahre oder als deren Abkömmlinge. Über solche Reaktionen freue ich mich natürlich, doch einige davon gingen mir sehr nahe. Zeigten sie doch, dass durch den gemeinsamen Blick in die Vergangenheit Bilder aus unbekümmerten Jugendtagen wieder frisch und unverbraucht auftauchen können – nur durch das Band des übereinstimmenden Erinnerns. Da wird das Herz wieder jung! Und nachsichtig wird man mit den Jahren ohnehin.

Deshalb haben wir, meine Lebensgefährtin H. Mady Warwas und ich, uns zu diesem kleinen Fortsetzungsbuch entschlossen.

Erich Wieck

Kungsör, im Oktober 2006

1

Die Harzreise

Flugzeugmechaniker – nicht schlecht! Ein Herr vom Itzehoer Arbeitsamt, der uns einige Monate vor der Schulentlassung in der Klasse aufgesucht hatte, sah in dieser Berufsverwirklichung kein Problem. Und auch noch, als wir uns teils im Klassenraum und teils beim Hauptarbeitsamt in Elmshorn einer Eignungsprüfung unterzogen hatten, schien für mich alles in Butter zu sein. Doch dann kam, sinnigerweise als letzter Test, die Gesundheitsprüfung und mit ihr die amtliche Erkenntnis, dass ich mit einer leichten Störung der Farbwahrnehmung gesegnet, also geringfügig farbenblind war. Die Enttäuschung war groß, wurde jedoch durch die Vorstellung leicht gemildert, dass ein Flugzeugmechaniker, der nur bedingt Blau und Grün unterscheiden konnte, auch für mich nicht erstrebenswert schien.

Was war zu tun? Alle anderen aus meiner Klasse hatten inzwischen eine Lehrstelle in Aussicht. Da man auf die Schnelle nichts Passendes für mich fand, schickte man mich ohne langes Federlesen ein weiteres Jahr auf die Fehrsschule.

Meine früheren Klassenkameraden fehlten mir, schließlich waren wir ein eingespieltes Gespann, was unsere gemeinsamen Streiche und Unternehmungen betraf. Und dass sie sich schon zu den Halb-Erwachsenen zählen durften, während ich weiterhin Schüler war, passte mir anfangs gar nicht. Doch allmählich gewann ich den Schulbesuchen etwas Positives ab. Es waren nicht nur die langen Ferien und dass ich den Dackel unserer alten Nachbarin Frau Detlefs weiterhin nachmittags ausführen konnte, es war die neugewonnene Freude am Lernen. Und schließlich waren die Jungen aus der Nachbarschaft nicht aus der Welt. Wir tauschten Neuigkeiten aus Schul- und Arbeitswelt aus, wenn wir uns nach Feierabend trafen.

Das Jahr ging unerwartet schnell vorbei, doch obwohl ich rechtzeitig beim Arbeitsamt vorgesprochen hatte, gab es nur noch zwei offene Lehrstellen in unserer Gegend: Eine als Automechaniker in einer mir unbedeutend erscheinenden Autowerkstatt, die überhaupt keine mir bekannten Autos wartete und reparierte und die andere als Dreher in der Pumpenfabrik *Siemen & Hinsch m. b. H,* besser bekannt unter dem Namen *Sihi*. Ich wusste nicht viel mehr vom Beruf eines Drehers, als dass er zu den Industrieberufen und nicht zum Handwerk gehört. Mein Klassenkamerad Günther Hertig, *Jumbo genannt,* war bereits seit einem Jahr dort beschäftigt, als ich im April 1942 meine Facharbeiterlehre begann. Mit mir fing auch Hans-Hugo Kropp vom Kremper Weg an. Wir kannten uns vorher nicht, aber da unsere Schraubstöcke in der Lehrlingswerkstatt nebeneinander standen, ergab es sich, dass wir uns bald anfreundeten. Zur Grundausbildung des Eisen- und Metalldrehers gehörte: feilen, bohren, Gewinde schneiden, schleifen; außerdem hatten wir in der Schmiede und in der Klempnerei zu helfen und an Fräsmaschinen zu arbeiten. Nicht gerade das, was wir uns als interessante Beschäftigung vorgestellt hatten. Und so sagte ich bereits am ersten Tag zu Hans-Hugo:

»Wenn wir Urlaub kriegen, haue ich ab zum Harz!«

»Ich komm' mit!«, war seine Antwort und diese Aussicht war uns besonders in den ersten harten Wochen ein kleiner Trost. Und tatsächlich verloren wir unser Ziel nicht aus den Augen, im Gegenteil, unsere geplante Reise nahm mehr und mehr Form an. Von den fünfzehn Tagen Urlaub des ersten Lehrjahres wollten wir eine gute Woche für unsere Fahrradtour einsetzen.

Den Reiseweg in den Harz hatten wir an Hand unseres Schulatlasses grob festgelegt. Mit etwa achtzig bis einhundert Kilometern am Tag sollte unser Ziel in drei, vier Stationen erreichbar sein. Meine Kusine Annemarie hatte ich per Postkarte benachrichtigt, wann wir sie in St. Andreasberg besuchen wollten. Auch sonst war alles besprochen und ausgearbeitet worden.

Am letzten Arbeitstag vor unserem herbeigesehnten Urlaub traten Hans-Hugo und ich in bester Ferienlaune den Heimweg an. Unterwegs begegnete uns eine fröhliche Schar Mädel, von denen wir einige kannten. Hans-Hugo winkte übermütig und rief ihnen ausgelassen etwas Lustiges zu. Diese kurze Ablenkung genügte – und er fuhr seitlich in mein Fahrrad hinein! Ich stürzte, rappelte mich auf und wir besahen, nichts Gutes ahnend, den Schaden. Danach meinte ich niedergedrückt:

»Jetzt kannst du alleine zum Harz fahren!«

Hans-Hugo schaute einen Augenblick unschlüssig und schuldbewusst drein, doch dann handelten wir gemeinsam. Nachdem ich mein Fahrrad bis in die Kaiserstraße auf unseren Hof gerollt hatte, verarzteten wir es bis spät in den Abend – das Fahrrad der Marke *Panzer* von 1905, von dem es keine Ersatzteile mehr gab. Schließlich und endlich hatten wir es doch geschafft: Der Luftschlauch wurde geflickt und die leicht aufgeschlitzte Decke hatte von einem alten Reifen einen Ersatzmantel übergestreift bekommen. Geschafft! Hungrig und müde, aber voller Freude über die geglückte Reparatur und die anstehende Fahrt verabschiedeten wir uns voneinander. In meinem Tornister befand sich schon alles, was mir wichtig erschien. Drumherum wurde meine Schlafdecke verzurrt und obendrauf ein Kochtopf befestigt.

In aller Herrgottsfrühe stopfte mir meine Mutter Butterbrote und Obst in den Essensbeutel und verankerte meinen Tornister auf dem Gepäckträger. Ich solle gut aufpassen, nicht vergessen, Annemarie zu grüßen und überhaupt solle ich mich anständig aufführen. Damit verließ ich nach einer eiligen Umarmung Mutter und die vertraute Umgebung.

Es war abgemacht, dass ich Hans-Hugo von seinem Elternhaus abholte. Ich befand mich bereits auf der Breitenburger Straße in Höhe der Stiftstraße. Ich wusste nicht, dass ab hier Einbahnstraße war. Und wenn ich schon mal davon gehört hätte, wäre die Antwort meines Gewissens kurz und logisch gewesen: Kein vernünftiger Mensch wird morgens um sechs Uhr darauf achten! Doch wer kam mir entgegen, putzmunter und eifrig radelnd? Ein Wachtmeister!

Alle Einwände und Erklärungen halfen nichts. Ich musste mit zur am Marktplatz gelegenen Polizeiwache. Hier sprach er nochmals eine Verwarnung aus, machte ein Protokoll und erleichterte meine Reisekasse um eine Mark! Ein Viertel meines Lehrlingswochenlohnes war somit flöten gegangen! Mit Verspätung kam ich bei Hans-Hugo an, der schon leicht unruhig geworden war. Das Ganze war zwar ärgerlich, aber wir waren fest entschlossen, aus unserer Fahrt ein Vergnügen und eine Entschädigung für die vergangenen harten Wochen zu machen, und ließen uns unsere gute Laune nicht wirklich verderben.

Es war strahlendes Wetter, als wir uns im Sommer 1942 auf die Harzreise begaben und Itzehoe in kurzärmeligen Hemden und mit Turnhosen bekleidet in Richtung Elmshorn verließen. Und sicher waren wir ein komisch anzusehendes Gespann, als wir über die Landstraßen und dann durch Hamburg fuhren. Anfangs mussten wir selbst grinsen. Hans-Hugo hatte nämlich eine Art Kinderfahrrad mit kleiner Übersetzung, was rasches Treten erforderte, während mein Fahrrad eine große Übersetzung aufwies und der eher zähe Mechanismus durch lang ausholendes Niederdrücken der Pedalen in Gang gesetzt wurde. Bei Steigungen und starkem Gefälle zeigte aber jeder der beiden Fahrradtypen seine Vor- und Nachteile, wovon wir uns überzeugen konnten, wenn wir streckenweise die Fahrräder wechselten.

An geeigneten Plätzen machten wir halt, bedienten uns unserer mitgegebenen Verpflegung und verspeisten sie mit großem Appetit. Nie zuvor waren wir aus eigener Kraft soweit von unserer Heimatstadt entfernt gewesen – und nun als Fünfzehnjährige allein auf großer Fahrt! Ein überwältigendes Gefühl!

In der Nähe von Winsen fand in dem Nebengebäude einer Gaststätte unsere erste Übernachtung statt. Wir bekamen eine durch dünne Wände abgetrennte Hälfte einer Scheune zugewiesen und mussten nicht nur versprechen, drinnen keine Streichhölzer zu gebrauchen, sondern mussten sie sogar abgeben. Nach unserem Abendbrot richteten wir es uns in der Scheune zum Schlafen ein. Als Hans-Hugo seine Decke über das Heu legte, raschelte es dort, er griff hinein und hatte eine Maus zu fassen bekommen, die er mit einem »Igitt!« wegschleuderte. Auch mir war bei dem Gedanken an diese ungebetenen Gäste nicht wohl in meiner Haut.

Erinnerungen an die seltenen Ferientage bei Mutters Eltern in Lägerdorf kamen auf. Oma und Opa Böge ließen mich im vom Dachboden abgetrennten und schön ausgebauten Zimmer ihres Sohnes Otto schlafen. Ich fand es prima, wenigstens dann einen eigenen Raum zu haben, doch wenn nachts die rechtmäßigen Bewohner des Dachbodens herumtanzten, fand ich es beängstigend. Die Mäuse hielten mich lange wach, und war ich dann endlich eingeschlafen, erklang Ottos Schrankuhr mit hellem Klang und ließ mich jede halbe Stunde wissen, wo ich mich befand.

Nun, dass wir uns in jenem Augenblick an den Schraubstock zurückgesehnt hätten, wäre übertrieben gewesen, aber im eigenen Bett schlafen zu können, war schon ein verlockender Gedanke! Doch was war es, was wir wollten? Heraus aus der Enge, hinaus in die Welt! Klar, dann mussten auch die kleinen Plagegeister in Kauf genommen werden. Immerhin blieben mir im Heu sowohl das Ticken als auch der Glockenschlag von Ottos Zimmeruhr erspart.

Infolge unserer ungewohnt langen Radtour schliefen wir aber dennoch bald tief und fest, bis wir in der Nacht durch lautes Stimmengewirr geweckt wurden. Die Fremdarbeiter kamen zurück zu ihrer Schlafstätte – es war die andere Hälfte der Scheune – und hatten offenbar noch nicht alle Probleme gelöst. Wir fanden Tonfall, Lautstärke und die fremde Sprache beunruhigend. Die dünnen Trennwände zitterten bedenklich, doch die Streiterei dauerte nicht lange. Bald war alles wieder ruhig und wir schliefen weiter.

Am nächsten Morgen erwachten Hans-Hugo und ich gut ausgeruht und voller Tatendrang. Hatten wir diese Nacht überstanden, ohne angeknabbert worden zu sein, war doch der Rest ein Klacks! Nach unserer Katzenwäsche an der Pumpe des Hofbrunnens bestellte sich jeder eine große Tasse Muckefuck und zwei Scheiben Brot mit Kunsthonig und danach radelten wir in Richtung Lüneburg los.

Wir kamen gut voran. Pausen legten wir am liebsten auf Gehöften ein. Dort fragten wir immer, ob wir Wasser bekämen, damit wir im Freien unsere Tütensuppe oder unseren Muckefuck kochen konnten. Stets erhielten wir die Erlaubnis dazu und oft auch noch Wegbeschreibungen oder Verpflegungstipps, so zum Beispiel, dass uns der Ortsbauernführer eines Dorfes eine Übernachtung mit Kaltverpflegung geben müsse. Das zu wissen, erwies sich als recht hilfreich und entlastete unsere karge Reisekasse sehr.

Als wir einmal auf einem etwas vernachlässigt aussehenden Bauernhof Pause machen wollten, sahen wir niemanden. Wir klopften an die Haustür, gingen ums Haus herum und riefen auch dort, aber es kam keine Antwort. Da weder Mensch noch Tier am Hofe zu sein schien, schauten wir durchs Küchenfenster. Auf dem Tisch standen Teller und Kummen mit bereits verdorbenen Lebensmittelresten. Alles sah nach einem hastigen Aufbruch, nach Flucht aus. Unheimlich … Wer war hier vor wem und warum geflohen und hatte all sein Hab und Gut zurückgelassen? Oder waren die Hausbewohner gar abgeholt worden? Man hatte derlei schon gehört. Verunsichert und etwas nachdenklich verließen wir die Einfahrt zum Hof. Weder die Wasserpumpe noch die vollen Obstbäume reizten uns noch. Keine zehn Pferde hätten uns an diesem Ort zum Rasten halten können und so band ich rasch den Kochtopf auf meinen Tornister. In Windeseile radelten wir von dannen. Dieses düstere Erlebnis beschäftigte uns noch eine ganze Weile, bis neue Eindrücke alle finsteren Gedanken verscheuchten.

Als wir abends in der Nähe von Uelzen ankamen, machten wir von unserem neuerworbenem Wissen Gebrauch. Und es klappte tatsächlich. Wir bekamen Unterkunft und Abendbrot auf einem Bauernhof!

Im Raum Braunschweig fanden wir am nächsten Tag eine gute Bleibe direkt am Mittellandkanal. In dieser Gaststätte waren außer gewöhnlichen Gästen auch Soldaten untergebracht, die täglich ihre etwa zwanzig Kilometer langen Kontrollgänge zu den umliegenden Vorrats- und Munitionslagern durchführen mussten. Nach ein bis zwei Tagen kehrten sie zu Spind und Schlafstätte zurück, die sich in einer vom Tanzsaal abgetrennten Ecke befanden. Wir kamen ins Gespräch – die Neugier war wohl auf beiden Seiten groß – und dann trat das ein, was wir im Stillen erhofft hatten: Wir bekamen etwas von ihrer Verpflegung ab, insbesondere vom lange sättigenden Kommissbrot! Klar, da strahlten wir und die Soldaten nahmen es schmunzelnd zur Kenntnis. Bevor wir uns Schlafen legten, spazierten Hans-Hugo und ich ums Haus herum und badeten im Mittellandkanal. Das Verbotsschild war groß genug, aber wir konnten nicht widerstehen und genossen diese unerlaubte Erfrischung ausgiebig.

Die freundliche, mütterlich wirkende Wirtin hatte uns ein einfaches Zimmer mit zwei Betten angewiesen, in welchem eine Kommode mit Wasserkanne und Waschschüssel zu unserer Verfügung standen. Welch ein Vergnügen, satt, müde und gewaschen in ein frisch bezogenes Bett fallen zu können! Wir schliefen wie im siebten Himmel! Und dabei hatte dieser Aufenthalt unsere Kasse kaum belastet. Nach dem Frühstück setzten wir gut gestärkt unsere Fahrradtour fort.

Das nächste große Ziel war Bad Harzburg. Wir lagen gut in der von uns geplanten Zeit und es gab auch keine unangenehmen Vorfälle mehr, wenn wir abseits der Landstraßen rasteten. Die Landschaft hatte sich jedoch verändert. Hier gab es viel mehr Wald als zu Hause und bergig war es auch geworden, was für uns ungewohnt und beschwerlich war. Am Abend hatten wir jedoch den Ort erreicht und kehrten in einer Gaststätte ein, zu der auch eine Jugendherberge gehörte. Die war in einem kleinen Haus auf dem Hof untergebracht, wo wir die einzigen Besucher waren. Der Ofen war leider total verstopft, und so machten wir draußen vor der Tür wie gewohnt ein Holzfeuer und kochten dort die Maggi-Tütensuppe. Doch dass man in Jugendherbergen für 10 Pfennig übernachten konnte, fanden wir großartig, denn bereits in den paar Reisetagen hatten wir ein bequemes Nachtlager schätzen gelernt.

Von dort aus ging es weiter nach Torfhaus. Die kleine Ortschaft lag auf einer Anhöhe, die wir Holsteiner beachtlich fanden. Ein Wegweiser wies uns die Richtung nach Sankt Andreasberg, wo meine Kusine untergebracht war. Doch zuvor kehrten wir in einer Schenke ein, baten um Wasser zur Erfrischung und um Auskünfte. Direkt hinter dem Haus führe ein schmaler Weg geradewegs nach Sankt Andreasberg, hieß es freundlich. Wie gut, dass wir hier gefragt hatten! Hans-Hugo und ich waren uns einig, dass wir diesen *Wanderweg* nie genommen hätten! So aber waren uns etliche Kilometer erspart worden.

Doch nun kam das anstrengendste Stück unserer gesamten Fahrt. Die Strecke nach Sankt Andreasberg war steinig und oft so steil, dass wir die Räder schieben mussten. Während der Rast erfreuten wir uns zwar an der waldreichen Gegend, aber unsere Begeisterung hielt sich auf Grund der zu leistenden Schwerstarbeit in Grenzen.

Völlig erschöpft und schwitzend kamen wir endlich zur Jugendherberge St. Andreasberg. Und hier gab es ein Freibad, in das wir uns sogleich stürzten! Eine recht vornehm aussehende Familie saß am Tisch am Rande des Beckens. Unsere übermütige Freude im Wasser nahm sie mit deutlicher Nichtbeachtung zur Kenntnis. Nach dem Abendbrot zogen wir uns um, putzten unsere Schuhe gründlicher als sonst und gingen zu Fuß zur Lungenheilanstalt. In der Eingangshalle mit halbhoch gekachelten Wänden kam uns gleich der typische Krankenhausgeruch entgegen. – Erinnerungen an meine frühe Kindheit kamen auf, als im Itzehoer Julienstift ein kleiner Eingriff an mir vorgenommen wurde und ein Krankenpfleger mich danach durch den Krankenhausgarten zur angrenzenden Ritterstraße nach Hause trug. –

Die Krankenschwester am Empfang sagte uns, Annemarie habe kurz das Haus verlassen. Also gingen wir nach draußen und suchten sie. Und dann entdeckten wir sie Blumen pflückend inmitten einer bunten Sommerwiese! Ihr lachendes Gesicht, als sie uns sah, blondes welliges Haar, dunkler Rock und helle Bluse, eine junge Frau von einundzwanzig Jahren! Ein strahlend schönes Bild, was sich mir bis heute erhalten hat.

Annemarie begrüßte uns herzlich, zeigte uns anschließend die Einrichtungen des Hauses mit Speisesaal, Aufenthaltsraum und wollte uns dann zu ihrem Zimmer führen. Inzwischen hatten sich andere Frauen auf dem Flur eingefunden und meine Kusine machte uns miteinander bekannt. Eine Woge der offenen Zuneigung schlug uns entgegen. Diesen weiten Weg hätten wir auf uns genommen, nur um Annemarie zu besuchen, hieß es anerkennend. So hatten wir das noch gar nicht gesehen und standen deshalb mit roten Ohren da und wussten nicht, wohin mit unseren langen Armen. Ob Hans-Hugo unterwegs je die Radtour bereut hat, war mir nicht bekannt, aber jetzt als Hahn im Korb tat er es bestimmt nicht. In angenehmer Weise von überwiegend jungen Frauen umringt zu sein, das tat auch ihm sichtlich gut und entschädigte uns für viele Anstrengungen.

Meine Kusine fasste uns lachend um die Schultern und schob uns sachte in ihr Zimmer, das sie mit einer Mitpatientin teilte. Es war nett, aber krankenhausmäßig eingerichtet und ebenfalls halbhoch gekachelt. Sie stellte Gläser mit Saft auf den Tisch, setzte sich dann zu uns und fragte mich besorgt, wie es ihrer kleinen Tochter gehe. Meine Mutter hatte nämlich den einen Tag alten Säugling im Wäschekorb zu uns nach Hause geholt, während Annemarie nach St. Andreasberg verbracht wurde. Ich sprudelte los mit allem, was Mutter mir aufgetragen hatte, vor allem aber, dass die kleine Heinke gesund sei und sich prächtig entwickelt habe. Annemarie hatte mir aufmerksam zugehört und dann huschte ein glückliches Lächeln über ihr Gesicht.

Es gab noch viel zu berichten, doch wir verschoben es auf den nächsten Tag. Wann immer Annemarie es während unseres kurzen Besuches einrichten konnte, waren wir bei ihr, unternahmen kleine

Spaziergänge, durften gegen ein geringes Entgelt im Speisesaal mitessen, lachten zusammen und tauschten uns aus. Gesprächsstoff war bis zu unserem Abreisetag reichlich vorhanden. Der Abschied fiel uns Dreien schwer. Annemarie gab jedem von uns ein Fünfzigpfennigstück mit auf den Weg, worüber wir uns freuten, und jede Menge Informationen für meine Eltern. Bevor Rührung aufkommen konnte, sagte ich, dass wir nächstes Jahr wieder kämen, denn das sei doch ein Klacks gewesen und Hans-Hugo nickte eifrig. Sie lachte herzlich und zerzauste mir liebevoll das Haar, sagte aber nichts. Solange wir die Heilanstalt sehen konnten, sahen wir auch Annemarie, die nicht müde wurde, uns nachzuwinken.

Nun begann die Rückreise. Unterwegs war uns aufgefallen, dass viele Gasthöfe, Hotels und die Tanzsäle einiger Vergnügungslokale in Erholungsstätten für verwundete Soldaten umgewandelt worden waren. Und so bot sich uns hie und da der ungewöhnliche Anblick, in dieser Umgebung junge Männer mit Verbänden an Kopf oder Gliedmaßen anzutreffen, die von Krankenschwestern betreut wurden. Kein ermunternder Gedanke.

Über Braunlage fuhren wir weiter zur Jugendherberge nach Schierke am Brocken. Ein Unteroffizier in Zivil, ein Student und wir kamen fast gleichzeitig dort an und wurden zunächst abgewiesen, da die Herberge mit einer Schar Berliner Mädchen belegt war. Der Unteroffizier sprach von Fronturlaub und ob sich nicht doch irgendwo ein Plätzchen für uns finden ließe und hatte Erfolg. Zusammen mit der Erlaubnis erhielten wir auch Matratzen und durften auf dem Dachboden übernachten. Wir waren froh über diese Lösung.

Je mehr wir uns dem Harzvorland genähert hatten, desto öfter war vom Brocken geredet worden. Auch unser Helfer sprach mit seinem Begleiter darüber. Und so beschlossen Hans-Hugo und ich, am nächsten Morgen mit ihnen zusammen den Brocken zu erwandern. Das war kein gemütlicher Sonntagsspaziergang! Als wir die kahle Bergkuppe nach fast zwei Stunden erreicht hatten, ruhten sich mein Arbeitskamerad und ich draußen aus und aßen unsere mitgebrachten Brotscheiben, denn an Einkehr war nicht zu denken. Die Aussicht war überwältigend: Unter uns der bewaldete Abhang des Brockens, der als Höhenzug mit einigen niedriger liegenden Bergkuppen verbunden war. Mit 1142 Metern sei der Brocken der höchste Berg des Harzes hieß es. Und dem Volksglauben nach sei hier in der Walpurgisnacht der Versammlungsplatz für Hexen und Teufel.

»Wer's glaubt«, sagten wir uns, und bei dem strahlenden Wetter war der Gedanke ohnehin schwer vorstellbar.

Trotzdem schienen die gelegentlich unseren Weg kreuzenden seltsam geformten Granitblöcke und manch ein entwurzelter Baum so sehr unsere Fantasie angeregt zu haben, dass wir uns verpflichtet sahen, zur heidnischen Tradition etwas beizutragen. Nach unserer Rückkehr bot sich uns dazu eine Gelegenheit, und trotz unserer Erschöpfung waren wir zu diesem Opfer bereit.

Abends schäkerten wir mit den Berliner Mädels herum – und in der Nacht erlebten sie uns im Treppenhaus als *Brockengespenster* mit einem über den Kopf gezogenen Kissenbezug, der von innen mit unseren Taschenlampen beleuchtet wurde. Dafür, dass man Berlinern nachsagt, sich nicht so leicht etwas vormachen zu lassen, war das Gekreische ganz schön heftig, und wir schlichen zufrieden auf den Dachboden zurück.

Von Pferden sagt man, dass der Rückweg immer rascher vonstatten gehe als der Hinweg, weil es sie mit Macht zum heimischen Futtersack ziehe. Das kann ich in gewisser Weise auch auf uns Radler übertragen. Zunächst wählten wir neue Strecken und fuhren auch durch das schöne Städtchen Wernigerode, aber dann kamen Landstraßen und Quartiere, die wir bereits kannten. Auch hatten wir zweimal Glück und konnten Kilometer und Muskelkraft sparen. Einmal, als wir uns an einen Lastkraftwagen anhängten (da hatten wir doppeltes Glück, weil uns nichts passierte) und dann, als ein Lastkraftwagenfahrer uns ungefähr dreißig Kilometer mitnahm. Danach klappte auch alles, bis wir nach Hamburg-Harburg kamen und nach einer Jugendherberge fragten. Wir sollten immer der Straßenbahnlinie 31 nachfahren, dann kämen wir geradewegs dorthin. Es war schon Abend, als wir hundemüde zur Herberge kamen, sie aber leider verschlossen vorfanden. Wir fuhren ein Stück der Strecke zurück, wussten aber nicht so recht, wohin. Dann entdeckten wir das Lokal *Zur Goldenen Wiege*, aber auch da war niemand. Kurz entschlossen schoben wir einige der Gartentische zusammen und schliefen darauf, hungrig und völlig ausgelaugt. Die nahe Kirchenturmuhr schlug eins, als wir mit einem Male richtig wach wurden, weil es regnete. Unterstellmöglichkeiten waren keine vorhanden und so begaben wir uns mitten in der Nacht auf den Weg, um möglichst bald zu irgendeiner Bahnstation zu kommen, wo wir etwas Heißes zu trinken bekämen, uns waschen und ausruhen könnten. Es war nicht viel zu sehen in jener dunklen Regennacht. Man hätte meinen sollen, es sei anderen Menschen auch so ergangen und deshalb habe niemand bemerkt, dass unsere Fahrräder keine Lampen hatten. Doch wieder war es ein Wachtmeister, der mit übersinnlicher Wahrnehmung ausgestattet war. Nächtliches Fahrradfahren ohne Licht sei verboten, hieß es unbarmherzig. Es änderte auch nichts, dass wir unsere Situation und unsere finanzielle Lage darlegten – eine Mark Strafe! Unser letztes Geld wechselte den Besitzer ... Ich war darüber so ärgerlich, dass ich mir nicht verkneifen konnte, zu Hans-Hugo zu sagen:

»Komm, jetzt können wir fahren. Wir haben ja bezahlt.«

»Werd' bloß nicht frech! Ich behalt' euch im Auge!«, war der amtliche Kommentar.

Das überzeugte uns natürlich und wir schoben ab. Und tatsächlich stand unser Freund an der nächsten Kreuzung! Aber als wir seinen vermuteten Einzugsbereich verlassen hatten, stiegen wir wieder auf und erreichten bald darauf auch eine Bahnstation. Uns frisch zu machen und im Trockenen auszuruhen, wenigstens das war uns dort möglich.

Im Morgengrauen hatte es aufgehört zu regnen und mit laut protestierendem Magen zogen wir weiter. Als wir in Elmshorn an einem verlassen aussehenden Haus vorbeifuhren und die schwer behangenen Apfelbäume und das gute, darunter liegende Fallobst sahen, gab's kein Halten mehr für uns! Ab über den Zaun und bereits Äpfel kauend stopften wir uns mit den besten Stücken unsere Hosentaschen voll!

Plötzlich schrie uns ein vor dem Zaun stehender Mann an, was uns einfiele zu stehlen! Wir sollten das Obst gefälligst sofort zurücklegen. Jeder Versuch einer Erklärung wurde mit Parolen wie

»Kein Deutscher hungert!« zerschlagen.

‚Hat der eine Ahnung', dachten wir, doch wir sagten nichts und schweren Herzens legten wir die Äpfel zurück ins Gras. Was uns zum Essen gut genug gewesen wäre, lag nun da dem Verderb preisgegeben.

Irgendwie haben wir dann aber doch noch die fünfundzwanzig Kilometer bis Itzehoe geschafft. Hans-Hugo und ich verabschiedeten uns voneinander und jeder fuhr heim. Er war ein angenehmer Reisekamerad, nichts war ihm zuviel und nie war er mürrisch. Ohne ihn hätte die Fahrradtour sicher nur halb soviel Freude gemacht.

Mutter erwartete schon ungeduldig meine Rückkehr und war froh, dass alles gut gelaufen war. Zwar sei ich etwas dünner, aber immerhin heil und braungebrannt nach Hause zurückgekommen. Glücklich umarmten wir uns. Dann schaute ich nach unserem Familienzuwachs, der friedlich in der Stube schlief. Während ich Heinke betrachtete, hatte Mutter bereits zwei dicke Brotscheiben abgeschnitten, Eier brutzelten in der Pfanne und eine Tasse heißer Milch stand auf dem Tisch. Ja, ich liebte meine Mutter und ihren Blick fürs Wesentliche!

Ich aß mit großem Appetit und redete gleichzeitig wie ein Wasserfall. Annemarie sei ihrer Tante und ihrem Onkel sehr dankbar, es gehe ihr soweit gut und die Ärzte hätten ihr gute Chancen eingeräumt. Aber dann stellte ich ausführlich dar, was Hans-Hugo und ich unterwegs alles erlebt hatten. Unterdessen bereitete Mutter unser Mittagessen

zu. Als wir später am Tisch saßen, Makkaroni mit Mutters schmackhaftem »Hamburger Gulasch«, süßsauer mit Rosinen und Lorbeerblättern, verspeist hatten, atmete ich tief aus: Die Harzreise war geglückt und alles war in schönster Ordnung. Doch da krähte Heinke plötzlich, was wir mit
»Ich will auch dabei sein!« übersetzten.
Das durfte sie. Und dies galt nicht nur an jenem Tage.

2

Eine unrühmliche Geschichte

Alles fing damit an, dass in der Kaserne ein Tag der offenen Tür abgehalten wurde. Einige von uns im Nachtjackenviertel hatten das wohl zu wörtlich genommen und am Ende waren Einsätze für Übungshandgranaten verschwunden. Mit Zünder und Knallkörper konnte man nämlich einen richtig schönen Kanonenschlag erzeugen. Als wir ihn abends an der Seitenfront der Bäckerei Krumm ausprobierten, fiel deren Hausmädchen Ilse fast in Ohnmacht und es gab Ärger. Für uns Jugendliche war es wie zu Silvester, die Erwachsenen hingegen meinten, in den unruhigen Zeiten sei schon genug geknallt worden und erstatteten Anzeige. Mir brachte es an zwei Wochenenden Karzer ein, den ich im Amtsgericht abzusitzen hätte. Der Karzer war samstags um vierzehn Uhr anzutreten und endete Sonntagnacht um zwölf Uhr. Als Verpflegung waren Brot, Wasser und Grütze angesagt.

Die Strafe hatte ich mir weniger durchgreifend vorgestellt, doch nun wollte ich die Sache so schnell wie möglich hinter mich bringen und meldete mich gleich für das nächste Wochenende an.

Es könne vorkommen, so hörte ich von Leiderfahrenen, dass man statt Karzer zum Kohlenschippen im Heizungsraum verpflichtet werde. Daher zog ich sicherheitshalber mein bestes Zeug an und polierte meine Schuhe nochmals, ehe ich mit meiner Aktentasche unterm Arm das Haus verließ. Pünktlich um vierzehn Uhr meldete ich mich beim einarmigen Diener des Amtsgerichtes. Er schaute mich verwundert an und meinte, dass ich in dieser Bekleidung wohl kaum im Heizungskeller arbeiten könne. Ich bedauerte und erklärte, dass ich die Zeit hier zum Lernen hatte nutzen wollen und hätte deshalb meine Berufsschulbücher mitgenommen. Das ließ der Amtsdiener gelten, ich wurde eingelassen und in eine der beiden Arrestzellen eingeschlossen.

Wenn eine Läuterung zu heftig einsetzt, kann sie schief gehen. Einen Schnellzug darf man auch nicht ganz plötzlich zum Stehen bringen. Ich wollte kein Risiko eingehen und hatte deshalb einige Heftchen unseres Helden *Tom Shark* im mitgebrachten Atlas verborgen. So könnte sich der gereifte Entschluss, mich von meinen Fehlern und Schwächen zu verabschieden, innerlich langsam festigen.

Gegen Abend bekam ich solch einen Hunger, dass ich den Amtsdiener um Erlaubnis fragte, ob ich kurz zu meiner Mutter dürfte, weil ich noch etwas zu erledigen hätte. Sicherlich war ihm klar, *was ich zu erledigen hatte,* aber ich durfte nach Hause gehen. Ich kehrte gut gelaunt und satt zurück. Eine Weile las ich noch und dann schlief ich trotz allem recht gut auf dem ungewohnten Nachtlager. Irgendwie habe ich auch den endlos langen Sonntag herumgebracht. Am Montagmorgen ging ich kurz nach Hause und anschließend zur Arbeit.

Am darauffolgenden Sonnabend meldete ich mich erneut beim Amtsdiener, doch der schüttelte den Kopf:

»Beide Arrestzellen sind belegt!«

Enttäuscht sah ich ihn an. Gern hätte ich auch den zweiten Teil meiner Strafe erledigt und fragte daher, ob er mich nicht woanders einsperren könne. Mit einer Handbewegung winkte er mich zunächst in sein Amtszimmer, eine Art Pförtnerloge, welches sich neben dem Eingang befand. Er dachte einen Augenblick nach und meinte dann, für diesen Fall müssten wir Matratzen aus dem angrenzenden Gefängnistrakt holen. Bei diesem Gedanken war mir mulmig zumute, und die abgestandene Luft dort machte die Situation für mich fast unerträglich. Der Gefängniswärter händigte mir Matratzen und Decken aus, und dann brachte mich der Amtsdiener ins Allerheiligste, das Büro des Herrn Amtsrichters. Hier gab mir der pflichtbewusste Diener strengste Weisung, wie ich mich zu verhalten habe und schloss die Tür hinter mir ab.

Im Zimmer sah alles gediegen aus. Der schwere dunkle Schreibtisch, dahinter der Armsessel und im ganzen Raum Regale mit Akten und Büchern. Eine Ehrfurcht einflößende Atmosphäre. Nachdem ich meine bescheidene Schlafstelle aufgebaut hatte, legte ich meine Schulbücher auf den Tisch und knipste die Schreibtischlampe an. Zaghaft probierte ich den Sessel aus. Man saß gut darin. In solch einer Umgebung machte Lernen richtig Spaß.

Einige Stunden danach legte ich meine Bücher beiseite und griff wahllos nach einem der dicken Wälzer des Amtsrichters. Ich blätterte darin herum, habe aber nicht viel verstanden, weil Amtsdeutsch nun mal weit entfernt von unserer Alltagssprache ist. Doch die Erklärungen zu den Gesetzen begriff ich recht gut. Mir lief es kalt über den Rücken, als ich zu ahnen begann, wie oft wir Lausejungen mit all unserem Unternehmungsgeist womöglich schon mit einem Fuß im Gefängnis gesteckt haben. Das hat mich wirklich wachgerüttelt und ich bekam nicht genug, mehr über Recht und Unrecht zu erfahren. So gesehen, war der Karzer eine heilsame Lehre für mich und wirkte nachhaltiger als beabsichtigt.

Als ich um Mitternacht nach Hause gehen durfte – ich hatte den Amtsdiener gebeten, mich zu wecken –, war meine Mutter noch auf den Beinen. Außer ihr wussten nur meine engsten Freunde von dieser ganz und gar unrühmlichen Geschichte.

3

Cilli vom Hause Bökenberg

Es war kein Geheimnis in meinem Familien- und Freundeskreis, dass ich gern einen eigenen Hund gehabt hätte. Und wäre es ein Dackel oder Spitz gewesen, nun, dafür hätte ich vermutlich die Erlaubnis bekommen, zumal ich mit meinem Lehrlingslohn etwas zu seinem Unterhalt hätte beisteuern können. Doch zu der Zeit war mein Wunsch ein Schäferhund. Größer ginge es wohl nicht, meinte Vater im Hinblick auf die Unmengen Futter, die so ein Tier brauchte. Mutter unterstützte mich zwar ein wenig, war aber strikt gegen die Hundehaltung in unserer Wohnung. Und mir ging es gegen den Strich, dass *mein* Hund im Stall übernachten solle.

So geschah lange nichts, bis ich eines Tages in der Zeitung las, dass eine junge Schäferhündin zum Verkauf angeboten wurde. Ich wies meine Mutter auf die Anzeige hin und bearbeitete sie so lange, bis sie sagte, ich könne ja mal Kontakt mit dem Eigentümer aufnehmen. Also antwortete ich umgehend und gab als Telefonnummer die unseres Nachbarn, der Bäckerei Krumm, an. Wenige Tage später ließ mir ein Bäckerlehrling ausrichten, ich möge nach Kremperheide kommen. In bester Laune bedankte ich mich und machte mich, sobald ich freie Zeit hatte, mit meinem Fahrrad und genau einhundert Mark Erspartem auf den Weg dorthin.

Herr Möller war Bahnwärter, hatte nur einen Arm – ein Andenken aus dem Ersten Weltkrieg – und befasste sich in seiner freien Zeit mit seinem reinrassigen Schäferhund. Einen beachtlichen Stammbaum konnte er für seine »Cilli vom Hause Bökenberg« aufweisen. Natürlich beeindruckte mich das, aber hauptsächlich war es das Jungtier selbst, dessen braun-schwarzes Fell seidig glänzte. Und da Cilli mich so übermütig begrüßt und mich mit ihrer kalten Nase so auffordernd gestupst hatte, schloss ich auf der Stelle stillschweigend Freundschaft mit ihr.

Cillis fröhliche Lebendigkeit erinnerte mich an Dackel Waldi, den Hund unserer Nachbarin Frau Detlefs, von dem ich dem Hundehalter auch berichtete. Er ließ sich aber nicht ablenken, sondern fragte mich nach Beruf, Lohn, Freizeit, Räumlichkeiten und Lebensumständen, so als ginge es um die Hand seiner Tochter und nicht um die Pfote seiner Hündin. – Die Sorge, dass es seinem Zögling künftig gut gehe, war sicher ebenso groß wie die eines Vaters. Denn seltsamerweise galt sein Zögern weder dem Umstand, dass ich die restlichen zwanzig Mark ansparen noch, dass Cilli im Stall schlafen müsse. Vielleicht waren es mein jugendliches Alter und die unruhigen Zeiten, die ihm seinen Entschluss sichtlich schwer machten. Ich bot ihm an, dass er sich überzeugen könne, dass wir Platz für Cilli hätten und dass meine Mutter ihr das Futter zurechtmachen würde. Insgeheim hoffte ich aber, dass er den Besuch nicht zur Bedingung machte, denn wir mussten Vater doch erst einmal überzeugen …

Als Herr Möller endlich zu erkennen gab, dass er mir seine Cilli anvertrauen wolle, fiel mir ein Stein vom Herzen! Dann erhielt ich allerlei Ratschläge über den verantwortungsbewussten Umgang mit einem Tier, seine Ernährung und seine Erziehung. Überglücklich und aufmerksam hörte ich zu und sog alles auf wie ein Schwamm. Das alte Herrchen sollte mit dem neuen zufrieden sein.

Wir verabredeten einen späteren Zeitpunkt für die Restzahlung. Dann würde ich die Hündin mitbringen, so dass er sie in Augenschein nehmen könnte. Herr Möller nickte nur kurz und wandte sich dann Cilli zu, die ein letztes Mal Lob und Mahnung von ihm zu hören bekam. Sie solle weiterhin ein gutes Mädchen bleiben und ihm keine Schande machen. Schließlich hockte er sich nieder, kraulte ausgiebig ihren Hals und tätschelte ihren Rücken. Dann erst übergab er mir Cillis Leine. Wir machten uns sofort auf den Weg! Es herrschte keine

Sekunde Fremdheit zwischen ihr und mir. Freudig lief sie neben mir her, während ich Rad fuhr.

Vater war anfangs böse, weil wir ihn überrumpelt hatten, aber als Cilli ihn dessen ungeachtet stürmisch begrüßte, war auch er rasch ihrem Charme erlegen. Doch Mutter war ihre Beste, denn sie stellte das Futter für sie bereit. Und ich war selig! Cilli und ich brauchten nicht lange, dann hatten wir uns damit abgefunden, dass sie im Stall zu schlafen hatte. Wann immer es mir möglich war, ging oder fuhr ich mit Cilli raus. Auch meine Freunde hatten die kleine Ungestüme gern. Manchmal unternahmen wir weite Wanderungen zusammen und wenn wir schon müde waren, wirkte meine Cilli immer noch taufrisch.

Nach einigen Monaten erkrankte ich jedoch an Gelbsucht, wurde krankgeschrieben und war wochenlang bettlägerig. Vater führte Cilli gelegentlich aus und mein Schulkamerad Günter Katzer übernahm diese Aufgabe an den Wochenenden. Trotzdem fühlte ich, dass nicht nur die Hündin litt; für alle Beteiligten wurde die veränderte Situation mehr und mehr zur Belastung. Da war es Mutter, die darauf drängte, dass ich den Hund zurückgeben müsse. Verzweifelt versuchte ich sie davon zu überzeugen, dass ich ja bald wieder gesund würde und dann … Nein, Mutter meinte, das ihr Zumutbare sei längst überschritten, und ich spürte, dass sie Recht hatte.

Warum es mir unmöglich erschien, Cilli an den früheren Besitzer zurückzugeben, verstand ich selbst nicht. Ich wusste nur, das hätte mir meine Niederlage und den Verlust noch deutlicher vor Augen geführt. Und deshalb wollte ich Herrn Möller die restlichen zwanzig Mark zuschicken. Noch nicht ganz gesund ließ ich eine Anzeige in die Zeitung setzen und kurz darauf erhielten wir Besuch von einem Müllermeister aus der näheren Umgebung von Itzehoe, der eigens mit der Eisenbahn angereist war. Er war von Cilli hellauf begeistert und fragte, weshalb ich mich denn von dem schönen Tier trennen wollte. Diese Frage brachte mich vollends aus dem Gleichgewicht!

Ich machte meinem Herzen Luft und erzählte ihm die traurige Geschichte.

Aufmerksam und ohne mich zu unterbrechen hatte mir der Müller zugehört und nur ab und zu verständnisvoll genickt. Da es für mich wohl kein Zurück mehr geben konnte, tröstete er mich damit, dass mein Hund viel Auslauf bei ihm und immer einen Menschen um sich haben werde. Für das Tier sei es bestimmt von Vorteil, auch wenn es seinen jungen Herrn noch eine Weile vermissen würde. Das sah ich ein, und ich fühlte mich nicht mehr ganz so bedrückt wie zuvor.

Nachdem er Cillis Papiere und ich die einhundertzwanzig Mark bekommen hatte, meinte der Müller, ob ich ihn nicht zum Bahnhof begleiten könne, damit das Tier etwas Zeit bekäme, sich an ihn zu gewöhnen. Dazu war ich gerne bereit. Doch wer kam uns am Bahnhof strahlend entgegen? – Herr Möller!

Nach dem freudigen Wiedersehen zwischen Vorbesitzer und Hündin begrüßte er uns und fragte mich, was ich denn am Bahnhof mache. Ohne Umschweife berichtete ich von meiner Krankheit und der dadurch entstandenen zusätzlichen Belastung für die ganze Familie. Ich hätte mich daher zum Verkauf entschließen müssen. Gleichzeitig zog ich zwanzig Mark aus meiner Geldbörse und reichte sie ihm. Seine zuvor freundlichen Gesichtszüge verdunkelten sich augenblicklich. Schweigend steckte er das Geld ein.

Der Müllermeister griff behutsam vermittelnd ein und erzählte, dass er auf seinem Mühlengrundstück immer einen Hund gehabt habe. Genügend Platz und Futter seien vorhanden. Cilli werde sich bei ihm und seiner Familie sicher bald zu Hause fühlen. Herr Möller nickte und wirkte etwas beruhigt. Er tätschelte die Hündin noch einmal und gab dem Müllermeister zum Abschied die Hand. Zu mir gewandt sagte er nur:

»Zu mir brauchst du nicht noch einmal zu kommen. Du bekommst keinen Hund mehr von mir.«

Ich fühlte mich schwach, hilflos und gedemütigt. Der aufmunternde Blick des Müllermeisters, ehe er mit meiner Cilli den Waggon bestieg, schien auszudrücken: »Kopf hoch, Junge!«. Doch das tröstete mich nur wenig. Mir war zum Heulen zumute. Es war einer der ganz schwarzen Tage in meinem jugendlichen Leben.

4

Kinobesuch durch die Hintertür

Obwohl Kinobesuche zum bezahlbaren Vergnügen gehörten, reichte unser Lehrlingslohn oft nicht aus. Doch längst hatten wir spitz gekriegt, wie es gelegentlich auch mal gratis ging. Der Vordereingang des *Licht-Schauspielhauses* Kuno Lau lag in der Breiten Straße, der rückwärtige kleinere Ausgang in der Stiftstraße. Neben dem rückwärtigen Ausgang führte eine Tür zu den Kinoversorgungs- und Sanitärräumen. Und dieser Zugang war während der Vorstellung nicht verschlossen. Man kam also vom Maschinenraum in die Waschküche und von da zum Flur mit den beidseitig angebrachten Toilettenraum-Eingängen. War man erst einmal im Flur, musste man nur noch den richtigen Zeitpunkt abpassen, bis der Zuschauerraum für die beginnende Vorstellung abgedunkelt wurde und dann suchte man sich unauffällig einen Sitzplatz.

Als meine alten Schulkameraden Horst Pfeifer, genannt Pongo, Günter und ich mal wieder so richtig abgebrannt waren, aber auf den Kinofilm nicht verzichten wollten, schlichen wir uns in den Waschraum und warteten dort. Pongo und Günter hatten sich gerade eine Zigarette angesteckt, als die Tür aufgerissen wurde und die Platzanweiserin eintrat. Was wir denn da machten, fuhr sie uns an. Das sehe sie doch, wir rauchten.

»Unverschämt! Habt ihr überhaupt Eintrittskarten? Zeigt sie mal. Nein, kommt gleich mal mit nach oben!«

Eine alte Kinokarte bereithaltend sagte ich:

»Aber gerne. Darf ich Ihnen die Tür aufhalten?«

Sich ihrer überlegenen Stellung bewusst, schwebte sie erhobenen Hauptes an mir vorbei dem Flur entgegen. Blitzschnell warf ich die Tür hinter ihr ins Schloss und ebenso rasch stürmten wir hinaus ins

Freie! Die Platzanweiserin rannte gleich zum kleinen Ausgang und rief einigen Helfern zu:
»Da sind sie!«
Falsch! Da *waren* sie und wurden nicht mehr gesehen.

Am Abend desselben Tages wollten wir Drei ein Café in der Feldschmiede aufsuchen, um etwas Warmes zu trinken. Kaum hatte ich es betreten, erblickte ich unsere pfiffige Platzanweiserin.
»Zurück!«, zischte ich mit unbewegter Miene. Pongo und Günter begriffen sofort, dass etwas Unangenehmes auf uns zu kommen könnte. Und in der gleichen Körperhaltung, wie wir eintreten wollten, verließen wir den Eingang im rückwärtigen Gänsemarsch, als hätten wir diese Einlage beim Männerballett abgeguckt und eingeübt. Gerettet!

5

Der Weihnachtsmarkt

Dass ich ungern zu den Treffen der Deutschen Jugend (DJ) gegangen bin, lag nicht etwa daran, dass ich bereits als Schulkind »den Stein der Weisen entdeckt« gehabt hätte, sondern weil wir dort gleichaltrigen Gymnasiasten überantwortet waren. Allein das Wort *Gymnasium* war uns Volksschülern schon verdächtig, denn oftmals bekamen wir bestätigt, dass die Schüler vom Kaiser-Karl-Gymnasium alles besser wissen, uns nur kommandieren und schikanieren wollten. Aber bei Geländespielen waren sie uns unterlegen, und das kosteten wir weidlich aus. Wir sahen es als unsere Pflicht an, diese »behüteten Jungen« mit dem wirklichen Leben vertraut zu machen. Unser innerer Auftrag war erfüllt, wenn ein Boxkampf abgepfiffen werden musste oder wenn wir in freier Natur den »Spähtrupp« überrumpeln konnten und ihn zwangen, seine Koppelschlösser abzugeben. Dann hatte er nämlich verloren!

Als ich fünfzehn Jahre alt war, hieß es, ich müsse mich nun der nächst höheren Stufe, der Hitler Jugend (HJ), anschließen. Dazu war ich nicht bereit, denn wir hatten eine Achtundvierzigstundenwoche und nur im ersten Lehrjahr sonnabends frei. Ich wollte meine freie Zeit nicht mit Geländespielen und Exerzierübungen verbringen, sondern selbst darüber verfügen. Also nahm ich an den Treffen nicht teil. Dass ich mir damit Ärger einhandeln würde, war mir klar, doch nicht, dass man mich mit der Polizei abholte! Da begriff ich, dass auf meine persönlichen Gründe keine Rücksicht genommen würde.

Der Wachtmeister nahm mich mit zur Klosterhofschule, wo bereits ein verlorenes Häufchen auf seine Zurechtweisung wartete. Als ich die Predigt – mit hochroten Ohren und Tränen in den Augen – überstanden hatte, war ich überzeugt, dass ich der Einzige in ganz Itzehoe, ach!, im ganzen Lande war, der seinem Vaterland nicht helfen, sondern es durch Eigennutz ins Verderben schicken wollte. Nach diesem Vorfall gab es keine Probleme mehr mit meinem Gemeinschaftssinn. Richtiger gesagt, die Strafpredigt hielt lange vor.

Die HJ war in verschiedene Fachbereiche unterteilt, zum Beispiel für die Fliegerei, für Motor-, Marine- und Feuerwehrangelegenheiten. Mein früherer Schulkamerad Armin Tietzer, der Führer der HJ-Feuerwehrschar Itzehoe war, meinte, ich solle ruhig zu ihm kommen. Es sei ein ganz gemütlicher Haufen. Und das stimmte. Als ich zur Feuerwache kam, waren im Nebenraum bereits handwerkliche Basteleien für den Weihnachtsmarkt im Gange. Der Erlös sollte in die Gemeindekasse fließen und war für einen guten Zweck bestimmt. Da wollte ich natürlich mitmachen, aber mir kam die Arbeitsweise zu wenig gewinnbringend vor; schließlich sollten doch in kurzer Zeit möglichst viele Spielsachen gefertigt werden. Ich erzählte Armin, was mir vorschwebte, er war gleich einverstanden und konnte auch seine Truppe davon überzeugen.

In den darauffolgenden Tagen machten wir uns beliebt wie eine mittelgroße Heuschreckenplage, bewiesen aber ein recht beharrliches Schnorrertalent – in einer Schreinerei, bei der Feuerwehr, bei unseren Arbeitsgebern und Müttern. Die gesamten Materialien, die wir für unsere Pläne brauchten, erbettelten oder organisierten wir: Sperrholzplattenreste, Holzstöckchen, Reste in Farbtöpfen, Schrauben, Ösen, Pappe, Bänder.

Dann begannen wir mit unserer kleinen Spielzeugserie, nämlich Holzenten auf vier Rädern mit nicht mittig eingesetzter Achse, so dass sie auf und ab zu hüpfen schienen und Windrädchen mit Zugband, von uns Windmühlen genannt. Beides war bekannt und bei Kindern beliebt, aber nicht alle konnten sich diese Spielzeuge leisten. In jeder freien Minute hielt sich unsere Gruppe in der Feuerwache auf, sägte, feilte, schraubte, klebte, pinselte und knotete mit Feuereifer, bis unser Material aufgebraucht war. Wenige Tage vor Ausstellungsbeginn überprüften wir all unsere Werkstücke nochmals auf ihre Funktion. Und dann war es endlich soweit.

Der frühere Gasthof *Kaisersaal* war längst zum Itzehoer Stadttheater geworden, und dort befanden sich die Ausstellungstische der einzelnen Fachbereiche. Viele fleißige Hände hatten ein beachtliches Angebot zusammenkommen lassen.

Armins Tisch, voll belegt mit Enten und Windrädchen, war der erste, der innerhalb kürzester Zeit leer war! Bei den erschwinglichen Preisen hatte manch Elternteil klug rechnend rasch zugegriffen. Wir freuten uns darüber. – Ein Entchen hatte ich vorzeitig weggelegt. Das bekam Heinke zu Weihnachten.

6

Der verhängnisvolle Musikabend

Im Winter 1943 sollte ein Orchester der Spitzenklasse, das sogar vor der höchsten politischen Prominenz gespielt hatte, im Itzehoer Stadttheater eine Vorstellung geben. Wer nur ein bisschen musikinteressiert war, versuchte, sich dieses Ereignis nicht entgehen zu lassen. Darunter waren natürlich auch Benny Schwartz, Günter und ich. Uns war es geglückt, Eintrittskarten zu ergattern, doch dann kam eine herbe Enttäuschung für mich: Ich war für diesen Abend zur Luftschutzwache unseres Betriebes eingeteilt worden. Es war zwecklos zu fragen. Niemand bei *Sihi* hätte die Schicht mit mir tauschen wollen. Also biss ich in den sauren Apfel – und trat meinen Wachdienst ohne Erlaubnis verspätet an.

In der Pause hatten wir sogar Gelegenheit mit einigen der Musiker zu sprechen. Benny war ja der Experte unter uns und konnte richtig mit ihnen fachsimpeln. Freundlich wurden uns Zigaretten angeboten. Mir wurde so schlecht vom Rauchen, dass ich den zweiten Teil der flotten Tanzmusik fast hätte einbüßen müssen. Erst während meines drei Kilometer weiten Weges zu meinem Arbeitgeber hatte sich das wieder gelegt.

Am Pförtnerhäuschen war schon alles dunkel und dicht. Deshalb kletterte ich über den Zaun und schlich in den Schlafraum. In musikalischer Hinsicht hatte sich dieser Abend wirklich gelohnt. Lange noch ging mir die beschwingte Musik durch den Kopf …

Das böse Ende kam natürlich. Als mich Lehrlingsmeister Sommer am nächsten Morgen im Bett antraf, fragte er verwundert, woher ich denn käme und wie ich herein gekommen sei. Auf meine Antwort:
»Ich bin über den Zaun geklettert. Es war ja schon alles dunkel!« kam keine direkte Reaktion. Der Meister verschwand nur und kam

kurz darauf mit der Anweisung zurück, ich solle mich sofort beim Betriebschef Werner melden.

»Im Theater! So, so, der Herr Lehrling war im Theater!« ließ der lautstark im Zimmer des Direktors vernehmen. Es folgte eine Standpauke, die es in sich hatte und endete mit der Bekanntgabe:

»Strafwache an allen Weihnachtsfeiertagen und zu Silvester.«

Das war dann doch härter, als ich es mir vorgestellt hatte, aber ich fügte mich.

Da der Wachdienst sich jeweils von zweiundzwanzig Uhr bis sechs Uhr des folgenden Tages erstreckte, hörte ich mich im Betrieb um und fragte die Gesellen – die nach mir Wache schieben mussten –, ob ich ihre sich anschließende Schicht mitmachen solle. Klar! Plötzlich war niemand mehr schlecht gelaunt! Es kam dann so, dass ich für drei Tage mein eigenes Entgelt, das der Gesellen und einen Obolus extra von ihnen draufgelegt bekam. Alle waren zufrieden. Und dadurch, dass bei mir ohnehin keine große Festtagsstimmung mehr aufkommen konnte, sah ich auf diese Weise die Feiertage nicht ganz als verloren an – noch dazu, wo ich vorhatte, überwiegend zu schlafen.

Dem Fabrikgebäude gegenüber waren in einer Baracke ukrainische Arbeiter und Arbeiterinnen untergebracht, alles tüchtige Menschen, von denen einige ebenfalls zu Weihnachten Luftschutzwache hatten. Mutters Bruder, Onkel Otto, war von der Ostfront auf Heimaturlaub gekommen und hatte auch mir ein Päckchen der russischen Zigaretten *Papirossa* geschenkt. Nun war es so, dass sich mein Rauchbedürfnis auf jugendlich-großtuerisches Paffen beschränkte. Es war also kein Opfer für mich, als ich in den Aufenthaltsraum der Ukrainer ging, frohe Weihnachten wünschte und ihnen das Päckchen Zigaretten gab. Die wenigen deutschen, aber vielen russischen Wörter ließen vermuten, dass sie sich darüber freuten. Deutlicher war ihr Gemütszustand auf ihren Gesichtern abzulesen.

Und dann sangen sie für mich. – In feierlichem Ernst erklangen ihre Lieder in ihrer Muttersprache. Sie hatten schöne, tragende Stimmen und in manchen Passagen war ein heller Tenor herauszuhören. Diese Klänge krochen in jede Ritze meiner Seele ... Gerührt bedankte ich mich und verabschiedete mich herzlich von ihnen. Dann ging ich heiter gestimmt auf meinen Platz zurück.

7

Auf nach Thüringen!

Es gab Beschäftigungen bei der HJ, die mich wirklich interessierten. So habe ich im Fachbereich Fliegerei unter Anleitung Modellflugzeuge aus Pappe gebaut und auch das Morsealphabet erlernt. Mein Klassenkamerad Heinz Boy baute mir eine Morsetaste mit Batterieanschluss, auf der ich zu Hause eifrig übte und bereits nach kurzer Zeit eine gewisse Fertigkeit erreicht hatte.

Im Frühjahr 1944 sagte Armin zu mir, dass er zwei Lehrgänge für seine Gruppe zur Auswahl hätte – zur Landesfeuerwehrschule Harrislee bei Flensburg oder zur Reichsschießschule Suhl in Thüringen. Flensburg sei doch viel zu nah, meinte ich. Auf nach Thüringen! Und so kam es auch. Mit dem Wehrmachtsurlaubszug ging es in Richtung Süden. Unterwegs mussten wir umsteigen. Im Abteil saßen bereits zwei junge Mädchen, mit denen wir zwar keinen Kontakt hatten, aber immerhin mitbekamen, dass sie Geschwister waren und in Oberhof Urlaub machen wollten. Ausgelassen unterhielten Armin und ich uns, und dann las er Namen und Anschrift meines Gepäckschildchens vor. Dass dies Auswirkungen haben könnte, daran dachten wir beide nicht.

In Suhl wurden wir in Empfang genommen und in zwei Gruppen eingeteilt. Eine sollte dableiben, die andere ungefähr zehn Kilometer weiter nördlich nach Zella-Mehlis marschieren. Während wir auf Anweisungen warteten, kam ich mit dem Schreibstubenfräulein ins Gespräch. Worin denn der Unterschied zwischen den beiden Ausbildungslagern bestehe, fragte ich sie. Suhl sei streng militärisch, ich solle versuchen, möglichst nach Zella-Mehlis zu kommen. Ehe ich Armin zu fassen bekam, setzte sich die Gruppe nach Zella-Mehlis in Bewegung. Ich ging eilig auf den Gruppenleiter zu und fragte, ob ich mich für den Marsch nach Zella-Mehlis einreihen dürfte, unter ihnen befände sich ein guter Bekannter von mir. Er nickte kurz, winkte einen Jungen dort heraus und ich schloss rasch die Lücke.

Nun, eitel Sonnenschein herrschte in Zella-Mehlis auch nicht. Schließlich ging es um eine vormilitärische Ausbildung mit Gewehren, Schießübungen, Waffenpflege und mit theoretischem Unterricht von einem altgedienten Scharfschützen des ersten Weltkrieges, der sein Handwerk verstand. Und immer wieder üben, üben, üben. Einige Male in der Woche war es meine Aufgabe, mit Skiern runter nach Suhl zu fahren, dort ausgehende Briefe abzuliefern und ankommende Post mitzunehmen. Einmal habe ich bei der Abfahrt einen gewaltigen Satz gedreht und war danach eine Weile mit dem Sortieren meiner Knochen und der mir anvertrauten Briefe beschäftigt. Den steilen Rückweg nach Zella-Mehlis durfte ich stets mit dem Bus fahren.

Als Armin und ich uns nach drei Wochen in Itzehoe wiedertrafen und unsere Erlebnisse austauschten, stand fest, dass das Schreibstubenfräulein nicht übertrieben hatte. In Suhl war Drill!

Kurz nach dieser Ausbildungszeit erhielt ich einen Brief von einem Mädchen, namens Inge Sanders. Es war die jüngere der beiden Schwestern aus dem Zug. Ihre ältere Schwester war im Buchhandel beschäftigt und besorgte Inge stets wunderschöne Spruchkarten, um die mich meine Kameraden oft beneideten. Der anregende Briefwechsel mit diesem klugen, nachdenklichen Mädchen ließ sich fast bis gegen Ende des Krieges aufrechterhalten.

8

In Großenbrode

Wir waren eine lustige Gesellschaft, als wir mit der Eisenbahn zum Reichsarbeitsdienst (RAD) nach Großenbrode am Fehmarnsund fuhren. In unserer Gruppe befanden sich vier Jungen aus Itzehoe. Drei waren wie ich Lehrling bei *Sihi,* nur Egon war Kochlehrling in der elterlichen Restaurantküche »Steinburg« am Sandberg. Aus diesem Grunde hatte er sich erhofft, in der Küche eingesetzt zu werden. Leider kam Egon zum allgemeinen Arbeitsdienst, was dem leicht Übergewichtigen sicher schwerer gefallen sein wird als uns.

Mein Lehrlingskamerad Udo und ich waren auf einer Zwölf-Mann-Bude untergebracht und staunten nicht schlecht, als wir am nächsten Morgen im Nachthemd auf der Wiese Leibesübungen machen mussten. Am Abend zuvor hatte man uns bereits die Arbeitsdienstuniformen ausgehändigt und nach dem Frühstück kam die Aufstellung beim Truppenführer Jochum aus Saarbrücken. Einige hatten Abzeichen auf ihrer Kleidung, und so schmückte auch ich meine Brust mit dem Scharfschützenabzeichen von Zella-Mehlis. Unser Zugführer Feldmeister Emil Schmidt aus Süddeutschland sah es und fragte, ob ich etwas von Waffen verstünde, was ich bejahte. Das schien ihm zu gefallen, und er teilte mich zur Waffenmeisterei ein. Da ich mich auch als sein Putzer nützlich machen sollte, war ich für dessen Stube und Bekleidung verantwortlich. Dadurch blieb mir der allgemeine Arbeitsdienst erspart, den ich sonst wie die anderen Arbeitsdienstler jeden zweiten Tag gehabt hätte. Als sich dann auch noch herausstellte, dass mein guter Bekannter »Bienchen« Krause aus Itzehoe als Kochgeselle in der Lagerküche arbeitete, war mein Glück fast vollkommen. Von ihm erhielt ich jeden Tag ein reichliches Frühstück! Mein Ess- und Schlafbedürfnis war in diesen Jahren auffallend groß.

Bei der Arbeit in der Waffenmeisterei ging es gemütlich zu. Ich verschloss stets meine Tür, wenn ich mich dort aufhielt. Jeder, der zu mir wollte, klopfte an und ich schloss die Tür dann auf. War es ein Vorgesetzter, so grüßte ich den Eintretenden mit:

»Arbeitsdienstmann Wieck beim Waffendienst«, was leicht übertrieben war, denn meist war ich gerade der großen, leeren Kiste für Maschinengewehre entstiegen. Eine Alibiwaffe lag stets zerlegt auf dem Tisch.

Am zweiten Morgen beim RAD war ich auf dem Weg zu meinem Zugführer und sah, dass sich dessen Stubennachbar mit einem großen Radioapparat abschleppte und sich mit Hilfe seines Ellenbogens abmühte, in die eigene Stube zu gelangen. Blitzschnell schoss ich vor, um dem Schreibstubenleiter die Tür zu öffnen, was er aber zu verhindern suchte. Das kurze Geplänkel von:

»Aber ich werde Ihnen doch wenigstens die Tür öffnen!« und

»Lassen Sie das, es geht schon!«

»Aber ...«

»Ich sagte doch, Sie sollen das sein lassen!« endete damit, dass ich den Griff bereits heruntergedrückt und der Tür einen leichten Schubs gegeben hatte. Eine junge Frau war gerade dabei, sich ihren Büstenhalter anzuziehen. – Vom Schreibstubenleiter hatte ich nie etwas zu befürchten. Den wachen Blicken und hellhörigen Ohren von uns Heranwachsenden war die erste Baracke unseres Arbeitsdienstlagers nicht entgangen. Hier sollte sich eine besondere Klasse von Frauen aus Hamburg erholen, hieß es gerüchtweise. Doch jeglicher Kontakt zu ihnen war allen strengstens untersagt.

In der Baracke der Waffenmeisterei war auch der Schuster untergebracht. Es sollte sich als vorteilhaft erweisen, dass wir gute nachbarschaftliche Beziehungen zueinander hatten. Sonnabends und sonntags bekamen wir Ausgang. Zuvor gab es den Kleiderdienst und dann den Ausgangsappell. Der Truppenführer Kaiser hatte es stets auf unsere

Stiefel abgesehen. Da sie regelmäßig eingefettet werden mussten, ließen sie sich beim Ausgangsappell natürlich nicht ohne weiteres blank poliert vorzeigen. Mir schien es, als ob der Truppenführer besonders meine Stiefel auf dem Kieker hatte, und deshalb schloss ich mit den Kameraden aus der Schusterei ein Abkommen. Durch die lose Bretterwand erhielt ich leihweise ein paar alte Stiefel gereicht, die gut eingefettet waren und wie derbe Bauernstiefel aussahen. Meine eigenen Stiefel waren bereits blank und so tauschten wir sie, je nachdem, ob Kleiderdienst oder Ausgangsappell angesagt war.

Eines sonntags abends spielte ein Orchester aus Hamburg für uns. Es machte gute Musik, die wir größtenteils aus Kinofilmen kannten und mochten. Das war für uns alle eine willkommene Abwechslung. Doch während die Vorstellung lief, ließ man mir ausrichten:
»Arbeitsdienstmann Wieck zum Zugführer Schmidt!«
Dort angekommen, beauftragte mich mein Zugführer, Kaffee für seine Gäste zu kochen, die artig auf der Bettkante saßen, als ich eintrat. Doch so einfach kam ich nicht davon. Erst nach dem zweiten Schnaps durfte ich den Kaffee, den ich in der kleinen Gemeinschaftsküche aufgebrüht hatte, den Herrschaften am dürftig gedeckten Tischchen servieren. Die Besucherinnen versuchten vergeblich, ihren Gastgeber zum *Kaffee*trinken zu bewegen, was dazu führte, dass Emil sich genötigt sah, uns seine Tüchtigkeit trotz einiger Schnäpse unter Beweis zu stellen. Er zog seine Pistole aus der am Gürtel getragenen Tasche, zielte und schoss zuerst in die Stubendecke, dann auf den Waschkrug und schließlich auf die Tür. Volltreffer! Das Wasser ergoss sich plätschernd auf den Fußboden, die Gäste flatterten verängstigt umher und ich stand da mit weichen Knien.
Wenige Sekunden nach dem unerlaubten Feuerwerk stürmte unser Oberstfeldmeister Lau herein. Der letzte Schuss war durch zwei Sperrholztüren in die gegenüberliegende Kleiderkammer eingedrungen und hatte dort das Bild unseres Führers getroffen. Der große Feldherr Adolf

war vom kleinen Feldmeister Emil in die Brust geschossen worden! Unglaublich!

Eine Woge der Empörung schwappte über meinen Zugführer herein. Welch ein ungebührliches Verhalten! Der schwieg zu allem, aber sein Gesicht hatte einen grüblerischen Ausdruck angenommen, so, als könne er die ganze Aufregung überhaupt nicht verstehen. Und während er noch immer die Pistole in Richtung Tür hielt, schaukelte er unaufhörlich ganz sachte von rechts nach links. Sein Vorgesetzter brachte sich geschickt durch entgegengesetzte Schwingung aus der Schusslinie.

Nach diesem lautstarken Tadel wurde ich angewiesen, die Damen aus der Stube und meinen Zugführer ins Bett zu bringen. Ich rappelte mich auf, denn meine Gummiknie hatten kurz nach Beginn der Sondervorstellung urplötzlich nachgegeben. Glücklicherweise sah ich mich noch in der Lage, den Befehl richtig auszuführen und verwechselte weder Personen noch Reihenfolge.

Irgendwie ist es mir auch noch gelungen, frische Kleidung für meinen Dienstherrn herauszulegen. Aber am nächsten Morgen, als wir zum Kleiderappell antraten und sich Zuführer Schmidt in letzter Minute in unsere Reihen einordnete, schauten wir verwundert auf seine langen Stiefel, mit den bis zu den Knien reichenden Schäften, den viel zu langen Rock und sein mittig sitzendes Käppi, das eigentlich seitlich zu sitzen hatte. Alles sah so unwirklich aus, als ob ihm einiges aus der Kleiderkammer des Alten Fritz zugeteilt worden wäre! Ich hatte keine Erklärung dafür, wie er an diese Ausstattung geraten war! Doch man sah dies als die letzten Ausläufer des abendlichen Ereignisses und als einmaligen Ausrutscher an. Und das war es wohl auch. Wir hatten bis zum letzten Tag ein gutes Verhältnis zueinander.

An einem anderen Sonntag fanden in unserem Arbeitsdienstlager gleich zwei Darbietungen statt. Nachmittags sollte ein Boxkampf unter den einzelnen Gruppen und am Abend ein Gesangswettstreit zwischen dem drei Kilometer entfernten weiblichen Arbeitsdienstlager und uns ausgetragen werden. Mein Boxgegner war einer unserer Stubenkameraden. Gekämpft wurde am Löschteich neben dem Exerzierplatz, wo sich schon eine Anzahl Zuschauer versammelt hatte. Mein Vorteil war, dass Hermann erstens nicht wusste, dass ich ein Linksausleger war und zweitens, dass meine innere Triebfeder stärker war als seine. Denn da sein Vater ein Lebensmittelgeschäft in Heide besaß, erhielt Sohnemann regelmäßig »Fresspakete« von zu Hause. Und ebenso regelmäßig verschmauste er die Inhalte in unserer Stube zusammen mit einigen Truppenleitern hinter einer zwischen Etagenbett und Spind aufgehängten Decke als Trennwand. Nie gab er einem von uns etwas ab. Das verziehen wir ihm nicht und sahen eine Art Gerechtigkeit darin, als Hermann bereits in der ersten Runde ziemlich angeschlagen ausscheiden musste.

Mein zweiter Boxgegner kam aus einer anderen Gruppe, war älter als ich und hatte einen durchtrainierten Körper. Da hätte ich mich mächtig ins Zeug legen müssen, um überhaupt eine Chance zu haben. Doch weil ich mich nicht drücken konnte, aber auf keinen Fall mit einem »Veilchen« beim abendlichen Gesangswettbewerb auftreten wollte, tat ich viel für meine Deckung, steckte einiges ein und teilte halbherzig aus. Jedoch als mein Boxhandschuh ungewollt die gegnerische Wange entlang ratschte und die sich plötzlich bläulich violett verfärbte, wurde der Kampf abgebrochen. Pech für den geübten Boxer, unverdientes Glück für mich!

Es blieb noch Zeit, um uns auf unseren großen Auftritt vorzubereiten. Im Essenssaal waren bereits Stühle zurechtgestellt und eine kleine Tribüne hergerichtet worden. Wir fieberten dem Abend entgegen, freuten uns auf die RAD-Mädchen, zu denen uns sonst kein Kontakt erlaubt und geglückt war. Die Preise waren von den Oberen ausgesetzt worden, die gleichzeitig die Aufgabe der Preisrichter innehatten.

Im Wechsel traten die Jungen mit forschen Kampfgesängen und die Mädchen mit schönen Heimatliedern auf die Bühne. Anblick und Stimmen der Teilnehmerinnen waren erfreulich, wenngleich uns ihre braven Volkslieder nicht sonderlich behagten. Solch eine Mischung hatten wir erwartet und uns deshalb in unserer Gruppe auf ein ganz besonderes Lied verständigt gehabt und tüchtig dafür geübt. Wir konnten sogar mit einem Geigenspieler aufwarten.

Unsere Geduld wurde auf eine harte Probe gestellt, weil wir erst fast zum Schluss an die Reihe kamen. Mit Geigenbegleitung trugen wir dann unser Gesangsstück vor:

»Unter der roten Laterne von St. Pauli ...«

Die Mädchen steckten tuschelnd die Köpfe zusammen und kicherten hinter vorgehaltenen Händen. Abwechselnd schauten sie in einer Mischung aus artiger Ablehnung und bejahendem Halbwissen zu uns und den Vorgesetzten herüber. Die machten lange Gesichter. – Bei der Preisvergabe trat unsere Gruppe nicht in Erscheinung.

Nach dem 20. Juli 1944 war es mit Scherzen vorbei, denn es herrschte Tag und Nacht Bereitschaft und erhöhte Aufmerksamkeit. Nicht nur in unserem Arbeitsdienstlager, sondern auch am zirka zwei Kilometer entfernt liegenden Flugplatz für Luft- und Wasserfahrzeuge, zu dem wir hin- und zurücktippeln mussten. Dort hatten wir in einer eigens dafür ausgehobenen Grube zu sitzen und das Umfeld zu beobachten, doch da absolut nichts passierte, wurde uns der Schichtdienst bald langweilig. Wir erzählten uns Döntjes und alles, womit wir unsere Situation etwas erhellen konnten. Meinen Beitrag hatte ich mal in einer Varietévorstellung in der Turnhalle der *Gudewill-Kaserne* gesehen. Und da mir die als Erlebnisbericht verpackten Witze des *Willibald* noch frisch in Erinnerung waren, konnte ich uns damit eine Zeitlang bei Laune halten. Ein Kamerad aus Itzehoe hatte diesen Komiker auch erlebt gehabt und steuerte erfreut sein Wissen bei. Schließlich meinten einige, ich solle daraus doch eine lustige Darbietung am Abschiedsabend für die etwa 150 Leutchen machen. Ich zierte mich nicht lange, schrieb mir Stichworte auf und stellte die besten Witze zusammen.

Am Nachmittag unserer Verabschiedung sollte aber noch die Parade vor dem Generalstabsmeister abgehalten werden. Dafür war ja schon seit Wochen geübt worden, und unser Truppenführer Jochum hatte sich redlich bemüht, unseren Paradeschritt gleichmäßig und zackig aussehen zu lassen. Ob alle tauglich oder fähig dazu waren, wurde nicht berücksichtigt.

Einer unserer Stubenkameraden unterschied sich schon rein äußerlich von uns. Er hieß Schief, hatte einen kurzen Oberkörper, lange Beine und ein rundes Gesicht mit, wie bei einem Teddy, eingerollten Ohrmuscheln. Zwar gab es deswegen hie und da Spötteleien, aber weil Schief ein lustiges, gescheites Kerlchen und auch sonst in Ordnung war, tat sich nichts weiter. Wäre er nur nicht so unbeholfen gewesen ... Man war gut beraten, Schief beim Exerzieren nicht zu nahe zu kommen. Wenn er mit dem Spaten hantierte, ihn auf Hüfthöhe oder ihn vom Ellenbogen auf die Schulter satteln sollte, war es für seinen Nebenmann nicht ganz ungefährlich. Hieß es:
»Den Spaten ... über! – Im Gleichschritt Marsch!«, sollte man seine Augen vorsichtshalber überall haben! Der Spaten rutschte ihm garantiert von der Schulter oder der Schwung war zu heftig und der Spaten glitt nach hinten. Irgendetwas dieser Art passierte immer. Und das reizte die Ausbilder.

Nachdem wir den Stechschritt wieder und wieder geübt hatten und das Gesamtbild immer noch nicht zufriedenstellend war, ordnete der Gruppenführer an, dass Schief mit mir zusammen marschieren sollte. Er mochte sich eine gute Lösung erhofft haben. Aber es kam anders. Im Gleichschritt sollten wir marschieren. Das Exakte müsse überwiegen und das gelänge nur mit Genauigkeit jedes einzelnen Marschierers. Gut, ich hatte es begriffen. Bevor wir loslegten, standen meine Füße genau wie bei Schief Hacke an Hacke. Doch da sich sein

ausgestrecktes Bein anschließend nicht geradeaus, sondern nach außen hob, machte ich es ebenso und dadurch marschierten wir tatsächlich im Gleichschritt. Rechts, links, rechts, links ... Sogar unsere Spaten wippten im gleichen Takt! Wir marschierten immer noch, obwohl unsere Kameraden längst geschrieen hatten:
»Aufhören! Aufhören!«, weil sie vor Lachen fast keine Luft mehr bekamen.

Als der Generalstabsmeister mit seinem Gefolge am nächsten Tag unsere Parade abnahm, gaben Schief und ich nochmals eine Probe unseres besonderen Könnens ab, doch außer, dass sich der Mund des Obersten leicht kräuselte, beobachteten wir keine weiteren Reaktionen und es folgten auch keine Maßnahmen.

Am Abend verabschiedeten uns unsere Vorgesetzten im Essenssaal und gaben uns in Form von kurzen Ansprachen Weisheiten mit auf den Weg. Als Abschluss durfte ich tatsächlich *Willibalds* Schelmengeschichten vortragen und da wir alle schon in Ferienlaune waren, wurde tüchtig gelacht und applaudiert. Und noch bei der Rückgabe unserer gesäuberten Arbeitsdienstuniformen lachte der Verantwortliche der Kleiderkammer laut und haute dabei auf meine zusammengelegten Kleidungsstücke. Die aufsteigende Staubwolke überging er mit einem gemurmelten Tadel und einem Scherz im breitesten österreichischen Dialekt.

Auf dem Bahnhof in Großenbrode schieden mein Zugführer Emil Schmidt und ich herzlich voneinander. Er gab mir für meine kleine »Schwester« Heinke eine Tüte Bonbons mit und ein rollerähnliches Fahrzeug, das wohl in der Waffenmeisterei mal zusammengebaut worden war, aber dort nur herumstand.

Auch unser Oberfeldmeister hatte uns zum Bahnhof begleitet und meinte leicht ironisch zu meinem Stubenkameraden Schief, dass es dem RAD doch noch gelungen sei, einen guten Arbeitsdienstmann aus ihm zu machen. Schief, nunmehr Zivilist, blickte ihm ohne Scheu in die Augen, gab ihm fröhlich das Götzzitat als Antwort und ließ den Verdutzten einfach stehen.

9

Militärdienst

Es war allgemein bekannt, dass regulär eingezogene Wehrpflichtige meist zur Infanterie kamen. Und dass es beim gemeinen Fußvolk hohe Verluste gab, wusste man auch. Wer mit offenen Augen durchs Leben ging, bemerkte mehr und mehr Frauen in Schwarz. Auch in der nächsten Nachbarschaft …

Diejenigen, die sich jedoch freiwillig zum Wehrdienst meldeten, konnten aus verschiedenen Bereichen des Heeres wählen. Das war von Vorteil und fast schien es, als ob die Freiwilligenzusage auch eine Art Lebensgarantie beinhaltete. Außerdem bekämen wir nach Ablauf von wahlweise acht oder zwölf Jahren eine so hohe Abfindung, dass wir uns ein Häuschen davon kaufen könnten, hieß es. Und so hatte ich mich für die Marine entschieden und für zwölf Jahre eintragen lassen.

‚Gut', dachte ich. ‚Wenn die Zeit bei der Kriegsmarine vorüber ist, gehe ich zur Christlichen Seefahrt. Und einen schönen Batzen Geld hab ich dann auch schon.'

Zwischen RAD und Militärzeit lagen vierzehn Tage Urlaub. Bei meinem Freund Charles Peter Gorsky, genannt Piet, der vom RAD aus Holland zurückgekommen war, gestaltete es sich ebenso. Diese kurze Zeit genossen wir in vollen Zügen, gingen schwimmen und machten Itzehoe und Umgebung anderweitig unsicher. Gegen Piets Charme und Aussehen hatte ich jedoch keine Chance, denn er sah bereits damals aus wie ein Filmschauspieler. Hatte er sich eine kleine Freundin angelacht, die auch ich nett fand, so ließ ich ihm – nachdem wir einmal heftig aneinander geraten waren – freiwillig den Vortritt.

Im August 1944 war es dann soweit. Mit dem Zug ging es nach Kiel und von da zur Rekrutenausbildung nach Kopenhagen. Dort waren

Piet und ich noch zusammen, aber danach trennten sich unsere Wege. Er wurde auf die kleine dänische Insel *Mittelgrund* verbracht und ich kam zunächst zur Luftverteidigung nach Laboe und kurz darauf zur Hafenfeuerwehr nach Gdingen, dem Marinestützpunkt an der Danziger Bucht, einem der wichtigsten Häfen in Ostmitteleuropa. 1939 hatten deutsche Truppen den Hafen besetzt und somit wurde *Gdingen* zu *Gotenhafen*.

Wir waren in Kasernenblöcken und Militärbaracken untergebracht, lernten mit Löschzügen umgehen, Brände löschen und wurden außerdem zur Fertigstellung von Befestigungsanlagen eingesetzt. Wenn wir Ausgang hatten, durften wir in die Stadt, eine Großstadt, in der es elektrische Straßenbahnen gab, die ich zuvor nicht kannte. Es ging uns nicht schlecht in Gotenhafen, aber wie ein roter Faden zog sich die Verknappung der Lebensmittel durch unseren Alltag.

In meiner Kompanie gab es einen Frankfurter, namens Schirmer. Wir waren uns nicht grün und gerieten oft aneinander. Bereits zum zweiten Mal prügelten wir Streithähne uns und diesmal auf dem Adolf-Hitler-Platz im Zentrum der Stadt. Das blieb nicht unbemerkt – wie denn auch! – und ein Hauptmann gab unserem Truppenführer den Befehl, Meldung davon zu machen und dafür zu sorgen, dass wir *beide* bestraft würden. Er werde sich erkundigen. Der Truppenführer war ein etwa vierzigjähriger Theaterdekorateur aus Berlin. Der Kompaniechef verhängte also vierzehn Tage Ordonnanzdienst im Offizierskasino für Schirmer und mich. Das hieß, wir hatten mittags und abends zusätzlich Dienst bei den Offizieren zu verrichten.

Was anfangs nach Bestrafung aussah, sollte sich für mich als recht brauchbar erweisen. Im Kasino gab es mittags genug zu essen. Und wenn wir die zuvor aufs Zimmer servierten Speiseschüsseln und Fleischplatten abräumten, war in den meisten Fällen noch etwas für uns übrig. Abends hingegen gab es Kaltverpflegung, die eine junge Frau in Portionen einteilte. Darin sah ich meine Chance und sagte scheinbar großzügig zu Schirmer, dass ich das allein schaffte. Er schaute mich zwar misstrauisch an, konnte aber der Verlockung nicht widerstehen, einen Teil der Strafe auf diese Weise erlassen zu bekommen.

Abends war ich also Herr meiner Geschicke! Es entsprach meinem Ordnungs- und Gerechtigkeitssinn, dass ich von jedem Wurststück eine gleich große Scheibe für mich abschnitt und sie sofort an Ort und Stelle vertilgte. Dann erst bediente ich die Offiziere. Dieses Zubrot gönnte ich mir bis zum Schluss der Strafaktion. In den letzten Tagen vor Ablauf hörte ich zwar einige Unmutsäußerungen, dass die Portionen auch immer kleiner würden. Doch da ich die Offiziere stets heiter und zackig grüßte, dürften sie die Verkleinerungen kaum mit mir in Verbindung gebracht haben.

Anders ging es im großen Essenssaal für einfache Soldaten zu. Bei uns wurde das Essen streng rationiert und die Berechtigung war durch eine Karte zu belegen. Wollte man richtig satt werden, musste man sich schon etwas anderes einfallen lassen. Und eines Tages hatte ich die Idee! Ich weihte einige meiner Kameraden ein, denn das konnte ich nicht alleine durchziehen.

Mittags kamen wir im spärlich erhellten Eingangsbereich unseres Essenssaales an einem Unteroffizier oder Feldwebel vorbei, der dort saß und unsere Berechtigungskarte flüchtig prüfte und lochte, während wir unser Kochgeschirr in der anderen Hand hielten. So war gewährleistet, dass niemand unberechtigt eine zweite Mahlzeit für den jeweiligen Tag bekam. So dachte man jedenfalls. Nun nahm ich meine eigene Karte und zwei meiner Kameraden sowie mein und deren Geschirr. Ich zeigte aber nur eine Karte und ein Essgeschirr vor. Nachdem meine Karte gelocht worden war, ging ich die etwa zehn Meter bis zu einem der riesengroßen Kessel und wartete dort. Bis ich an der Reihe war, hatte ich bereits zwei zusätzliche Karten in der einen Hand und zwei von meinem Gürtel abgenommene Kochgeschirre in der anderen. Alle drei Essgefäße wurden prompt aufgefüllt und ich balancierte sie sicher zu meinen Kameraden. Wir teilten redlich und wurden endlich wieder mal richtig satt. Auf diese Weise ergatterten wir an manchen Tagen zwei Portionen zusätzlich.

Dieser Trick sprach sich rasch herum und fand Nachahmer. Leider gingen einige nicht umsichtig genug vor, so dass sie auffielen und zur Strafe Karzer bekamen. Da war es aus mit der selbst angeordneten Aufbesserung unserer Verpflegung.

Vielleicht war das auch gut so, denn einmal hörten wir den Koch rufen:

»Wie viele noch?«

»Fünfzig Mann!«

Da steckte der Koch einen großen Messstab in den Kessel und verlängerte mit dosiertem Wasserschlauchstrahl unseren eigentlich so schmackhaften Eintopf.

Einmal, als ich zum Duschen in den Keller gehen wollte, wo sich noch andere Sanitär- und auch Wirtschafträume befanden, fuhr am Haupteingang gerade ein Lastkraftwagen vor, der entladen werden sollte. Der Verantwortliche forderte mich auf mitzuhelfen, die Brote in die Küche zu tragen. Ich erwiderte, dass ich doch nach unten zum Duschen wollte.

»Mithelfen!«, schnauzte er mich an.

Also stopfte ich mein Handtuch in die aufgeknöpfte Uniformjacke und breitete die Arme aus, auf die der Beifahrer etwa zehn Brote stapelte.

»Ab damit zur Küche!«, befahl er mir.

Mit festem Schritt ging ich die Treppe hoch und sah links den langen Flur zum Küchenvorrat, ging aber nach rechts den Gang entlang zum Seitenausgang. Dort flitzte ich auf die Baracken zu und rief:

»Hier! Schnell verstecken!« was meine Kameraden ohne Rückfragen blitzschnell taten. Keine Minute zu spät, denn der Verantwortliche hatte schon Alarm ausgelöst. Als sie nicht fündig wurden, musste unsere ganze Gruppe zur Gegenüberstellung antreten. Aber bei so vielen unschuldig blickenden Gesichtern verlief auch diese Aktion erfolglos.

Unter uns befanden sich Soldaten, die etwas älter und erfahrener waren als die meisten anderen. So war Paul Bootsmann aus einer Küstenstadt an der Mecklenburger Bucht wohl schon dreißig Jahre alt. Eines Tages sagte er zu mir, wenn ich eine Extraration haben wolle, solle ich in unserer Kantine Butterbrotpapier kaufen. Auf meine Frage, wozu, meinte er nur:

»Abwarten. Du wirst schon sehen.«

Anschließend schickte er mich mit seinem selbst erprobten Ratschlag und dem Butterbrotpapier in die Stadt zum Fleischer; er seinerseits ging zum Bäcker. Zurück kamen wir mit Wurst und Brot! Die Geschäftsleute hatten uns gerne Essbares gegen Einwickelpapier überlassen. Paul und ich teilten, tauschten und dann schmausten wir mit Andacht. – Das war praktischer Unterricht in Lebenskunst, der mir gefiel!

Mein gleichaltriger Kamerad Günter Krieger aus Bochum und ich kannten uns bereits von unserer Rekrutenzeit in Kopenhagen. Da wir ausgezeichnet miteinander auskamen, waren wir in unserer Freizeit viel zusammen. Er besaß ein Messer mit schönen Verzierungen, um das wir alle ihn beneideten. Günter war an sich ein ruhiger Vertreter, der aber gerne lachte, wenn andere Unsinn trieben. Vermutlich verstanden wir uns deshalb so prima.

Auch in Gotenhafen gab es gelegentlich gesellige Abende und einmal führte ich auch dort den *Willibald* vor. Mein Truppenführer, der Berliner Theaterdekorateur, hatte mich richtig professionell ausgestattet mit einer bunten Jacke, die von einer übergroßen Sicherheitsnadel zusammengehalten wurde, einem Strohhut mit wippender Blume und einer kleinen Flasche am Gummiband, die mir am Ärmel herausbaumelte. Da stand ich also wieder auf einer Bühne und schwadronierte – diesmal vor etwa dreihundert Zuschauern. Es machte riesigen Spaß! Seit meinem Auftritt in Großenbrode und danach in Kopenhagen hatte ich an Selbstvertrauen hinzugewonnen und fühlte mich durch den Beistand meines Truppenführers ermuntert. Und dass dieser Abend ein Erfolg wurde, war größtenteils sein Verdienst. Er kam nach der Vorstellung so strahlend auf mich zu wie der stolze Vater seines hoffnungsvollen Sprösslings. Kurz danach hörten wir, wie sich zwei Soldaten, beide wohl schon in den Vierzigern, über *Willibald* unterhielten. Als der Bochumer, dem Berliner, »Icke« genannt, erklärte:

»Der Mann hat Genie!«, konnte er nicht ahnen, was er mit diesem konfusen Satz anrichtete. Denn dieser Ausspruch wurde fortan zum geflügelten Wort in unserer Gruppe. Und besonders Günter machte sich einen Jux daraus, mich damit zu necken.

Doch wir waren ja nicht nach Gotenhafen gekommen, um Spaß zu haben ... Und so wurden wir nach wenigen Wochen mit Güterzügen in Richtung Osten verbracht. Gleich in der ersten Nacht desertierten zwei aus unserer Truppe – meine beiden glühendsten *Willibald*-Anhänger.

10

Heimkehr

Sollte ich von Glück sprechen, als auch ich die *grüne* Karte erhielt und somit ins Lazarett kam? – Die Stellungen, die wir bezogen hatten, waren primitiv und boten kaum Schutz vor der einsetzenden Kälte. Winterbekleidung erreichte uns viel zu spät, auch mit unserer Versorgung stand es nicht zum Besten, und als wir mit Wasser aus einem Bach vorlieb nehmen mussten, blieb das nicht lange ohne Folgen.

Wie viele andere war ich an Ruhr erkrankt und hatte außerdem Erfrierungen an beiden Füßen und der rechten Hand. Als ich in der Verbandsbaracke verarztet wurde, entdeckte ich an der Wand Günters Messer. Ich war leicht beunruhigt und machte mir so meine Gedanken, konnte aber nichts Genaues über meinen Kameraden in Erfahrung bringen. Doch für Nachforschungen blieb uns keine Zeit.

Es ging weiter zum Hauptverbandsplatz, danach zur Technischen Hochschule Danzig, die aber bereits überbelegt war. Also wurden wir in einem Mädchengymnasium in der Holzgasse untergebracht, aber Gebäude und Gasse wurden durch Artilleriebeschuss so schwer beschädigt, dass wir evakuiert werden mussten. Endlich kamen wir mit einem Pferdegespann zur Toten Weichsel und von dort mit einem Raddampfer nach Hela zum großen Hafen. Ein fast übervolles größeres Frachtfahrzeug nahm uns mit nach Kopenhagen. Als wir Anfang April 1945 dort von Bord gingen und das Entsetzen und Mitleid in den Gesichtern vieler Dänen sahen, begannen wir zu ahnen, wie wir Zerlumpten, Verlausten und durch Krankheit oder Verwundung völlig Geschwächten auf die noch einigermaßen intakte zivilisierte Welt gewirkt haben mussten.

Meine Genesung ging langsam vonstatten, denn als Medizin gegen Ruhr gab es kaum mehr als Kohle.

Bei Kriegsschluss erfuhren wir, dass sich Dänemark bereiterklärt hatte, eine Million Flüchtlinge aufzunehmen. Eine beträchtliche Leistung! Hilfe für die Zivilbevölkerung tat dringend Not und doch kam sie für viele zu spät. Die Toten wurden im fremden Land begraben. Einmal mussten wir als Geleit mit zu einer Beerdigung gehen. Ältere Dänen, die unserem armseligen Trauerzug begegneten, stiegen vom Fahrrad, nahmen ihre Mütze ab und verharrten eine Weile mit ernsten Gesichtern. Halbwüchsige dagegen alberten an der Friedhofsmauer herum und warfen hie und da kleine Steine in unsere Richtung.

Von Flensburg aus wurden wir in verschiedene Städte Norddeutschlands transportiert. In meinem Fall ging es nach Barkenholm bei Heide. Wir wurden vom Lastkraftwagen abgeladen und mussten in die Kleinstadt marschieren. An einer Landstraße lag etwas abseits ein kleiner Hof, vor dem ein Landarbeiter stand und das Lied »Heimat, deine Sterne« auf seiner Trompete spielte. Es gab sicher niemanden unter uns, der dieses Lied nicht gerührt als Willkommengruß aufgefasst hätte.

Bei unserem Weitermarsch kamen wir an einer Pferdeweide vorbei und erlebten die Geburt eines Fohlens mit. Obwohl das nicht neu war für mich, brachte mich dieser Anblick diesmal ganz schön aus der Fassung. Denn ich stand noch unter dem Eindruck anderer Bilder …

Immer wieder sah ich die einsam stehende Kate in der Nähe von Danzig vor mir. Den kleinen Jungen, der uns einließ und dann zu seinen gebrechlichen Großeltern führte. Der Alte war verwundet und bat mit hilflosen Worten und Gesten, wir möchten doch seine Kaninchen füttern. Er verstand nicht, dass sie sich beeilen mussten, weil die Russen nicht mehr weit weg waren, fügte sich aber wortlos, als wenig später alle Drei mit einem Sanitätswagen aus diesem Gebiet gebracht wurden. – Dann die junge Frau, die sicher mal hübsch, nun aber abgezehrt aussah und einen Säugling im Arm hielt. Im Verlauf der Überfahrt nach Kopenhagen erzählte sie mir fast tonlos, dass ihre Zwillinge während der Flucht geboren worden seien. Wenn das andere Kind nun auch noch …, täte sie sich etwas an. Ich versicherte ihr mit all meiner noch verbliebenen Überzeugungskraft, dass sie und ihr Kind es schafften, weil die Dänen genug zu essen hätten. – Und schließlich das Hinterdeck des Frachtfahrzeuges, wohin ich mich am späten Abend übermüdet zum Schlafen verkrochen hatte, ohne zu ahnen, dass hier des Nachts die Toten ablegt wurden. So eingebettet erwachte ich am Morgen …

Und hier hinein passten keine saftig grünen Weideflächen, keine wärmenden Sonnenstrahlen und vor allem kein neues Leben! Wie soll das vor sich gehen und wozu überhaupt?!

Das Fohlen regte sich. Seine Mutter beschnupperte und reinigte es und gab seinen ersten Versuchen, sich aufzurichten, aufmunternde Schubse. Mehrere Anläufe waren nötig, ehe das Neugeborene wackelig auf seinen dünnen Beinen stand, weiterhin leicht schwankte, aber dann aufrecht stehen blieb und einige zaghafte Schritte machte. Inmitten dieser schlimmen Welt voller Elend und Verdummung trat uns neues Leben entgegen, noch schwach, aber zielstrebig und durchaus gewillt, sich nicht wegdrücken zu lassen …

In Barkenholm waren wir auf Bauernhöfen untergebracht worden. Wir konnten uns ziemlich frei bewegen, und zufällig traf ich dort einen bei *Sihi* Beschäftigten, der von seiner Frau abgeholt wurde und schon nach Hause zurückkehren durfte. Ich bat ihn, meiner Mutter auszurichten, dass ich unverwundet sei und sicher auch bald heimkäme und nannte ihm meinen Namen und unsere Adresse.

Im August 1945 war es dann für mich soweit. Nach einer Kurzverlegung nach Bad Segeberg fuhr uns ein Lastkraftwagen nach Itzehoe. Am Landratsamt hieß uns ein Beauftragter der Stadt willkommen. Danach machte ich mich von der Viktoriastraße auf den etwa zwanzigminütigen Heimweg.

Als ich in die Kaiserstraße einbog, sah ich Vater mit einem Blockwagen zum Hinterhof einschwenken. Im Wagen thronte Heinke. Weil ich zuallererst meine Mutter begrüßen wollte, versteckte ich mich rasch im

Hauseingang unseres Nachbarn. Dann rannte ich zu unserem Haus, um vor ihnen in der Wohnung zu sein. Ich öffnete die Küchentür und sah, dass Mutter vor dem Herd kniete und die Glut durch Pusten anzufachen versuchte. Sie schien mir schmaler geworden zu sein.

»Mutter …«, sagte ich leise.

Bedächtig, so als traute sie ihren Ohren nicht recht, wendete sie ihren Kopf in meine Richtung. Doch dann sprang sie auf und wir umarmten uns lachend, aber es kullerten auch Tränen. Vom Stall her näherten sich zankende Stimmen, die jedoch sogleich verstummten, nachdem Vater die Innentür zur Küche geöffnet hatte. Zunächst schaute er mich ungläubig an, aber gleich darauf umarmten auch wir uns. Und wie in alten Zeiten hob ich Heinke hoch und warf sie ein Stück in die Luft, was sie wie stets mit heiterem, gurrendem Lachen beantwortete.

Als wir etwas später am Tisch saßen, und meine Eltern erzählten, wie es ihnen ergangen war und wer davon gekommen war und wer nicht, meinte Mutter, weshalb ich mich denn nicht gemeldet hätte. Sie habe ja nicht mal gewusst, ob ich überhaupt noch lebte. Verwundert berichtete ich ihr vom Auftrag an meinen Arbeitskollegen. – Nachfragen tags darauf ergaben, dass Mutter auf Grund eines Missverständnisses nicht benachrichtigt worden war. – Eine Weile schwiegen wir alle, doch dann verkündete Heinke naseweis, dass *sie* Recht gehabt hätte. Sie habe mich draußen schon gesehen gehabt!

»Ja«, meinte Vater und schmunzelte über die Hartnäckigkeit seines Streithühnchens.

»Du hattest Recht und nicht ich«, ergänzte er wohlwollend und zog an einem ihrer blonden Lockenzöpfe.

Wir mussten lachen, und gleich trug Heinke die kleine Stupsnase noch ein Stückchen höher.

11

Nachwirkungen

Glücklicherweise hatte es in meiner Heimatstadt kaum Luftangriffe gegeben. Doch auf Grund seiner geographischen Lage nahm das Land Schleswig-Holstein am meisten Flüchtlinge auf. So war auch Itzehoe mit Flüchtlingen voll gestopft. Unser kleiner Haushalt in der Kaiserstraße nahm die Kinder von Vaters Bruder, Hilda und Otto, auf. Man rückte zusammen, behalf sich und teilte.

Ich hatte meine Lehrtätigkeit bei *Sihi* wieder aufgenommen und weil ich bereits im letzten Lehrjahr war, wurden mir drei Monate meiner Lehrzeit erlassen. Da sich Vater damals gerade für längere Zeit im Krankenhaus befand, war ich in diesen Monaten der einzige Verdiener und »Wildkaninchenbeschaffer« in unserer Familie.

Wenige Tage nach meiner Rückkehr war ich in der Stadt und sah einen jungen Menschen, der sich mit langsamen, fast schleppenden Schritten fortbewegte. Er kam mir irgendwie bekannt vor und doch war etwas Ungewohntes, Fremdes an ihm. Dann erkannte ich meinen ehemaligen Klassenkameraden Paul Schöneberg, der soeben heimgekehrt war. Wir waren überfroh, uns gesund wiedergetroffen zu haben und setzten uns auf eine Steintreppe in der Schützenstraße. Minutenlang war jeder von uns in seine eigenen Gedanken vertieft, bis Paul unvermittelt sagte:

»Mensch, Pat, was haben die uns verhaun ...«

In diesem einfachen Satz lag so viel Wahrheit und Erkennendes. Mehr zu sagen, war nicht nötig.

Noch weit entfernt von jeglicher Normalität, waren wir wohl alle irgendwie bemüht, sie schnellstmöglich wieder herzustellen.

Die erste friedliche Weihnacht stand bevor. Oft genug hatten Vater und ich unseren häuslichen Tisch mit einem selbstgefangenen Kaninchen bereichert, aber es war auch ein gutes Tauschmittel. Mutter verstand es einzigartig, einen Braten aus Kaninchenfleisch zuzubereiten und es gefiel ihr, wenn ich mich dafür interessierte, wie sie es machte. Von einem Bauern im Kreis Steinburg hatten wir die schriftliche Genehmigung bekommen, dass wir in seinem Gebiet Kaninchen jagen durften. Im Gegenzug erhielt er das eine oder andere Kaninchen von uns. Überließen wir ihm eine reichlichere Beute, so bekamen wir von ihm Fische, die er im Kaiser-Wilhelm-Kanal geangelt hatte.

Nun galt es nicht nur für uns, sondern auch für Verwandte und Arbeitskollegen einen Weihnachtsbraten einzufangen. Uns stand also ein ganz schönes Stück Arbeit bevor. Vater, der einige Jahre zur See gefahren war, konnte fachgerecht und schnell Netze knüpfen. Mit diesen Hilfsmitteln und unserem Frettchen »Hansi«, das in unserem Stall lebte, zogen Vater und ich am 22. Dezember 1945 los. Und unsere Jagd war erfolgreich! In den Kriegsjahren hatte kaum jemand nach dem Leben der Wildkaninchen getrachtet und so hatten sie sich in den kleinen Wäldern in aller Ruhe prächtig vermehrt. Etwa zwanzig Stück erwischten wir und rechneten uns im Stillen aus, wer wie viele bekommen sollte. Die Rucksäcke auf unseren Gepäckträgern waren voll, als wir die Heimfahrt antraten. – Mein altes Fahrrad Marke *Panzer* hatte die Harzreise nicht lange überlebt. Inzwischen verfügte ich über ein neues altes Rad, immerhin neuer als das uralte Gefährt meines Vaters.

Am Abend hatte ich noch etwas vor, und weil mir Vaters Rad und Tempo zu langsam waren, schlug ich vor, dass ich schon mal vorfahre. Vater riet mir, den Ditmarscher Platz zu meiden, weil dort oft Polizeikontrollen stattfänden. Das war auch mir bekannt, aber es hätte einen Umweg bedeutet, den ich nicht in Kauf nehmen wollte. Also setzte ich auf Gottvertrauen, aber es half nicht – ich *wurde* dort angehalten!

Meine Erklärungen nützten nichts. Dass der Vater die schriftliche Genehmigung bei sich habe, sei ein alter Hut. Also mit zur Wache, ein Protokoll, das Übliche. Meine gesamte Jagdbeute musste ich zurücklassen. Ich radelte wie ein Weltmeister zur Bäckerei Krumm, rief von dort aus unseren Bauern an und berichtete von meinem Missgeschick für den Fall, dass sich die Beamten dort erkundigen wollten und hetzte nach Hause. Vater war gerade zurückgekommen und schimpfte natürlich mit mir, weil wir durch meinen Leichtsinn in der Klemme steckten. Doch ich saß schon wieder auf meinem Drahtesel, die Genehmigung in meiner Brusttasche. Außer Atem kam ich zurück zur Wache. Dort hatte die Verteilung bereits begonnen, denn auch bei den Polizisten war Schmalhans Küchenmeister. Mit traurigen Gesichtern gaben sie die Kaninchen an mich zurück. Nun war mein Rucksack wieder prall gefüllt und ich beeilte mich, nach draußen zu kommen. Zwei Polizisten kamen mir im Korridor nach und fragten, ob ich ihnen nicht zwei Kaninchen verkaufen könne, aber Schwarzmarktpreise könnten sie nicht bezahlen. Wir einigten uns auf 1,50 Mark je Stück und so trennten wir uns und jede Seite war zufrieden.

Tags darauf sollte es noch eine kurze Kaninchenjagd zusammen mit Onkel Otto geben, der zum Glück auch heil aus dem Krieg zurückgekommen war. Ich hatte zwei Arbeitskollegen je ein Kaninchen versprochen, denn ich war ihnen noch eine Gefälligkeit schuldig. An jenem Tag erlegten wir nur die gewünschte Anzahl an Kaninchen und wollten völlig zufrieden aufbrechen. Aber unser »Hansi« kam nicht aus seinem Bau heraus! Wir warteten, riefen ihn, lockten ihn. Nichts. Erst als es dunkel wurde, begaben wir uns enttäuscht auf den Heimweg. Vater war sehr aufgebracht. So ein gut eingearbeitetes Frettchen sei nicht mit Gold aufzuwiegen, meinte er. Und woher sollte er ein neues bekommen?!

Onkel Otto und mir war klar, dass wir unseren »Hansi« suchen mussten, obwohl am nächsten Tag Heiligabend war. Wenn wir Glück hätten und ihn wiederfänden, wollten wir jedoch, ohne Jagd zu machen, sofort heimkehren. Als wir zu unserem Kaninchenbau kamen und nach unserem Frettchen riefen, streckte es ausgeschlafen sein Köpfchen heraus. Uns fiel ein Stein vom Herzen und wir steckten

»Hansi« fast liebevoll in den mitgeführten Beutel. Dann fragte ich Onkel Otto, ob wir nicht doch noch ein bisschen jagen sollten, jetzt, wo wir schon mal da seien.

»Ja …«, meinte er listig, »hast du denn Netze dabei?«

»Klar!« antwortete ich und zog mehrere aus den Innentaschen meiner Jacke.

»Andernfalls hätte ich aushelfen können«, schmunzelte er und zog seine ebenfalls versteckt gehaltenen Netze hervor.

Wir jagten noch eine Weile und traten dann mit »Hansi« den Rückweg an. Ich schaffte es noch, jedem meiner beiden Arbeitskollegen das zugedachte Kaninchen zu geben. Sie freuten sich riesig und einer strahlte so wie ich damals, als er unseren Rundfunkempfänger repariert zurückgebracht hatte. Dann ging es endlich nach Hause. Vater war glücklich beim Anblick seines Frettchens und Mutter freute sich über das zusätzliche Kaninchen. Nach unserem kleinen Festessen goss Vater uns einen Selbstgebrannten ein. Als ich es mir dann in der guten Stube in einem der beiden Sessel bequem gemacht hatte und aus der Küche die weihnachtlichen Radioklänge hörte, fielen mir mit einem Male die Augen zu.

Das erste Silvesterfest in Friedenszeiten sollte richtig gefeiert werden! Piet, Benny, Günter und ich hatten bereits allerlei Vorkehrungen getroffen. Uns stand eine Wohnung von Piets Bekannten zur Verfügung, die anderswo feierten. Selbstgebrannten Schnaps hatte einer von uns besorgt, und ich war natürlich für den Kaninchenbraten zuständig, den es mit Rotkohl und Kartoffeln geben sollte. Sogar Silvesterknaller hielten wir bereit, die wir mit Hilfe von großen Marmeladendosen und Karbid zusammengebastelt hatten und die ganz schön knallten! Mädchen waren für diesen Tag nicht vorgesehen. – Vier Personen und ein Kaninchen war eine ohnehin recht bescheidene Aufteilung.

Während unser Braten nach Mutters Machart schmorte, ging mir der eine und andere meiner Freunde zur Hand. Ich war etwas nervös, ob ich die Garzeit des Kaninchens mit der Kochzeit der Beilagen in Einklang kriegen würde, aber dem Appetit nach, mit dem später alle reinhauten, war wohl kein Fehler am Essen. Da in dieser Nacht kein Ausgangsverbot herrschte, gingen wir anschließend nach draußen und verknallten unsere »Silvesterkracher«. Als auch das Vergnügen beendet war, zogen wir weiter und kehrten in einer nahegelegenen Kneipe ein. Dort trafen wir einen Engländer, der allerlei akrobatische Kunststücke darbot. Piet, in New York geboren, bewährte sich als unser Dolmetscher. Wir hatten viel Spaß zusammen. Als Sympathiebeweis schenkte uns der Engländer eine halbe Flasche seines echten Schnapses, worauf wir ihn mit einer halben Flasche unseres Edelgesöffs beglückten. Nicht lange danach fühlte sich unser neuer Freund sterbenselend.

Auch uns ging es in den folgenden Stunden furchtbar schlecht. Jeder litt auf seine Weise. Einer besaß anfangs noch Unternehmungsgeist, kam aber kurz darauf mit einem blauen Auge vom Spaziergang zu uns in die Wohnung zurück und legte sich geknickt aufs kleine Sofa. Ein anderer schien im Kurzdelirium zu sein, so dass wir ihn auf einer alten Sanitätstrage festbinden mussten. Der Dritte im Bunde ließ sich daraufhin erst am nächsten Tag wieder blicken und mir war speiübel. Noch am Neujahrsnachmittag fühlten wir uns groggy und meinten zerknirscht:

»Das neue Jahr fängt ja gut an ...«

12

Manna vom Himmel

Um wenigstens für ein paar Stunden seinem grauen Alltag entfliehen zu können, wollte man raus! Dazu eignete sich das Kino, aber mehr noch die inzwischen zurückgewonnene Möglichkeit des Tanzens. Obwohl kaum jemand von uns etwas Richtiges zum Anziehen hatte, waren die Tanzveranstaltungen im *Kolosseum* und im Lokal *Stadt Kiel* ein beliebter Treffpunkt. Hier traf ich auch die zwei Flüchtlingsmädel Hildegard und Waltraud, die uns gegenüber in der Bäckerei Krumm einquartiert worden waren. Wir befreundeten uns ein wenig, sahen uns oft im *Kolosseum* und traten dann meist gemeinsam den Heimweg an. Sie hatten ihr Zimmer im oberen Stockwerk und mussten dabei stets den Bäckerladen durchqueren. Gelegentlich kam es vor, dass Hildegard – sie war die resolutere der Beiden – mir flink ein ganzes Brot zusteckte, ehe sie die Ladentür vor meiner Nase absperrte. Meinen Einwand, sie könnten Ärger kriegen, taten die Mädel mit dem Hinweis auf die Verwandtschaft Krumms ab, die sich hier auch kräftig bediene. Na, dann! Also zog ich selig mit dem kostbaren Gut los. Hatte ich mal etwas anderes vor, sah aber bei meiner Rückkehr noch Licht bei ihnen, pfiff ich leise und sofort erschienen ein blonder und ein dunkler Haarschopf am Fenster. Dann plauderten wir noch ein Viertelstündchen und tauschten Neuigkeiten aus.

Einmal rief Hildegard mir unterdrückt zu, sie werfe ein Brot hinunter, ich solle es auffangen.

»Warte!«, stoppte ich sie geistesgegenwärtig, zog meine Jacke aus, nahm deren untere Kanten in beide Hände und spreizte die Arme. Dann klemmte ich den Jackenkragen unterm Kinn fest und schielte zum schwach erleuchteten Fenster hoch.

»Jetzt!«, gab ich leise Bescheid und verharrte in Wartestellung.

Da sauste ein Brotlaib mit einem harten »Dong!« auf meinen Kopf, so dass ich das Gleichgewicht verlor und Halt suchend auf den Schaufenstersims zutaumelte. Dort saß ich eine Weile wie betäubt, bis ich wie aus weiter Ferne Hildegards Stimme hörte:

»Pat! Was ist? – Sag was! – Ist dir was passiert? – Sag doch was!!«

Ich hockte immer noch benommen am selben Fleck, kam aber so langsam zu mir. Dann tastete ich nach Brot und Jacke und antwortete flüsternd:

»Nee, alles in Ordnung. Gute Nacht ihr Zwei! Und danke!«

Mein Schädel brummte wie damals, als Pongo, ich und andere aus unserem Nachtjackenviertel im *Caféhaus Mohr* gegen Korkengeld sämtliche Weinflaschen geleert hatten, die für die goldene Hochzeit von Pongos Großeltern bestimmt gewesen waren.

Tags darauf wollten Hildegard und Waltraud genau wissen, was passiert war. Mir fiel es nicht schwer, ihnen in pantomimischer Deutlichkeit vorzuführen, was das vom Himmel gefallene Manna mit mir angestellt hatte. Bedauernd und mitfühlend meinten die beiden Schelme, wenn man nur nichts zurückbliebe …

13

Mein kleiner Spatz

Manchmal war ich zum Tanzen im Lokal *Stadt Kiel* am Sandberg und nicht im *Kolosseum*. Auch hier traf man Bekannte, über die man sich freute und andere, na ja.

Eines Tages sah ich an einem Tisch zwei Mädel sitzen, von denen mir eins sofort auffiel. Es hatte ein hübsches, feingeschnittenes Gesicht und welliges, dunkelbraunes Haar, das über der Stirn nach hinten hochgesteckt war. Die Kleine bewegte sich anmutig in ihrem duftigen Kleid mit zartem Blumenmuster, was sie wie ein Überkleid auf einem schlichten einfarbigen Kleidungsstück trug.

Spontan ging ich zu ihrem Tisch und forderte meine Auserwählte zum Tanz auf. Ich glaube nicht, dass ich ein schlechter Tänzer war, aber da klappte gar nichts! Auch nachdem wir uns miteinander bekannt gemacht hatten und wir uns offensichtlich nicht unsympathisch waren, gelang uns erst nach vielen Tänzen Schrittharmonie. Ob mich ihre intensiv blauen Augen durcheinander gebracht hatten? Oder ganz einfach ihre angenehme Nähe? Jedenfalls dachte ich nicht daran aufzugeben und erkundigte mich beiläufig, wohin sie und ihre Freundin denn sonst noch zum Tanzen gingen, aber wir verabredeten uns nicht.

Als dann Sperrstunde angesagt war und wir einzeln, als Paare oder in kleinen Gruppen das Lokal verließen, blickte ich den beiden Mädchen nach. Einem Bekannten, der mit mir den Heimweg antrat, schwärmte ich vor:

»Das ist die Frau fürs Leben.«

Er schaute mich belustigt an, der Satz war ja ein beliebter Ausspruch, aber er konnte nicht wissen, dass ich ihn zuvor noch nie ernsthaft ausgesprochen hatte.

»Zufällig« war ich bei der nächsten Veranstaltung auf dem Tanzboden, auf dem sich Gretel mit ihrer Freundin aufhielt. Sie schien sich ebenfalls zu freuen, dass ich sie zum Tanzen aufforderte, doch am Ende des Abends brachte ein Polizist in Zivil sie nach Hause. Ich war sehr enttäuscht.

Dann trafen wir uns kurze Zeit später wirklich per Zufall, und ich konnte eine kleine Stichelei wegen des »Polizeischutzes« nicht unterdrücken. Gretel schien sich zu amüsieren und meinte, dass sie viele Polizisten kenne, denn sie arbeite ehrenamtlich bei der Bundesanstalt für Angestellte in der Zweigstelle am Sandberg. Und als die Polizei mal einen Tanzabend veranstaltet hätte, sei ihre Filiale auch eingeladen gewesen. Ich blies verächtlich durch die Nase. Unbeeindruckt erzählte Gretel weiter. Der gute Heimwegbegleiter habe gemeint, sie müsse ihn nun mit ins Haus nehmen, da er wegen der bereits begonnenen Sperrstunde den Rückweg nicht mehr antreten dürfe. Daraufhin habe sie ihm geantwortet, dann möge er es sich draußen vor der Tür schön bequem machen und habe den den armen Tropf stehen lassen.

Nachdem sie mir seinen enttäuschten Gesichtsausdruck vorgemacht hatte, fing sie an zu lachen und strahlte mich an, dass mir das Herz aufging …

Von da an trafen wir uns nicht mehr zufällig und gingen auch zum Tanzen zu weiter entfernt liegenden Orten wie Münsterdorf und Heiligenstedten.

Als bekannt war, dass wir beide ein Paar waren, hatte ich keine ruhige Minute mehr vor einigen übereifrigen Polizisten. Im Laufe weniger Monate konnte ich eine ganze Menge ihrer »Trophäen« vorweisen. Doch es nützte ihnen nichts, dass sie mir für noch so geringfügige Verkehrsübertretungen ein Strafmandat verpassten, mein kleiner Spatz, wie ich Gretel bald nur noch nannte, und ich blieben zusammen.

Sie bewohnte ein Mansardenzimmer im Hause des Schlachters Frank auf dem Kremper Weg. Wir alle hatten zu knapsen, und so wurde manches Kleidungsstück gegen Wurst eingetauscht, damit Gretel ihrer Mutter und mir dann und wann ein nahrhaftes Butterbrot zustecken konnte. Doch vom Eintausch erfuhr ich erst viel später. Genau wie von dem Geheimnis, dass ihr duftiges Kleid, welches sie an unserem ersten gemeinsamen Tanzabend trug, ursprünglich ein wunderschönes Nachtkleid war.

Wir sprachen gern von unserer gemeinsamen Zukunft und machten bei schönem Wetter lange Spaziergänge durch die Nordoer Heide. Wollten wir mal ungestört sein, dann musste ich mich vom Seiteneingang durch den Flur des Schlachters nach oben in Gretels Mansarde schleichen. Hörten wir am Morgen den Fünf-Uhr-Zug, war es Zeit, mich auf den Weg zu machen. Nun war es aber so, dass der Schäferhund von Franks abends gern im Flur vor deren Schlafzimmertür lag. Selbst der leiseste Versuch, ihn zu überlisten, endete mit lautstarkem Gebell und Getöse im ganzen Hause. Um unserem Ruf nicht unnötig zu schaden, gingen wir von da an anders vor. Ich öffnete leise die Haustür – und knurrte tief und gefährlich in die Dunkelheit hinein. Kam keine Reaktion, war unser Abend gerettet.

14

Gute Aussichten?

Unser erstes gemeinsames Zuhause hatten Gretel und ich bei Familie Hass auf dem Kremper Weg. Dort wurde 1947 unsere Tochter Helga geboren.

Als sich zwei Jahre später Sohn Wolfgang ankündigte, wurde es höchste Zeit für einen Wohnungswechsel. Aber das war leichter gesagt als getan, denn Wohnungen waren immer noch Mangelware. Im Rathaus suchte ich den Wohnungsverwalter auf, der wenige Tage danach mit zwei Begleitern unser kleines Reich in Augenschein nahm. Kein Zweifel, Familie Wieck brauchte eine größere Wohnung. Gretel war bereits im guten Einvernehmen mit unseren künftigen Vermietern, als plötzlich ein *dringenderer* Fall den Zuschlag bekommen sollte. Aber als unser Standesbeamter Löwenfeldt und Bäckermeisters Krumm ein gutes Wort für uns einlegten, klappte es doch noch. Wir blieben dem Kremper Weg treu, aber immerhin hatte sich unser Wohnraum bei Borcherts verdoppelt und betrug nun stolze vierzehn (!) Quadratmeter.

    Unsere bescheidene Einrichtung kauften wir auf Abzahlung in einem Hamburger Möbelgeschäft. Ein Kinderbett gehörte ja schon zu unserem Hausrat. Ungeachtet der Tatsache, dass es meine Mutter aus zweiter Hand gekauft und es sowohl Heinke als auch Helga als Bett gedient hatte, war es immer noch in gutem Zustand. Aber eines Tages deutete ein fremdes, unrhythmisches Klopfen an, dass Sohnemanns Mittagsschlaf beendet war. Wolfgang stand strahlend im Kinderbett und hatte mit dessen Zerlegung begonnen! Vor Vergnügen quietschend schlug er mit den bereits gelösten Sprossen auf den oberen Bettrahmen ein. Sein Interesse an Holzarbeiten zeigte sich eben schon sehr früh.

Wir hatten einander und das empfanden wir als Glück. Mein kleiner Spatz war in allem geschickt und steckte voller guter Ideen besonders bei der Essenszubereitung, bei Näh- und Handarbeiten und schaffte uns mit einfachen Mitteln und Fleiß ein gemütliches Heim.

    Nach dem Erwerb meines Gesellenbriefes als Dreher bei *Sihi* war ich zu den *Mechanischen Werkstätten* in Schulenburg gewechselt und dort einige Jahre als Spitzen- und Revolver-Automatendreher tätig. Danach arbeitete ich als Vulkaniseur bei einem Unternehmen zur Runderneuerung von Gummireifen, das unter englischer Verwaltung – *8 REME Auxiliary Workshops* – stand. Und diese Tätigkeit wäre fast meine letzte geworden. Nach zwei Jahren mit wachsenden Atembeschwerden hatte mir mein Arzt unverblümt zu verstehen gegeben, dass ich mir mit dreißig die Kartoffeln von unten ansehen würde. Doch glücklicherweise musste diese Firma zum 31. Mai 1950 schließen. Vierzehn Tage nachdem ich nicht mehr mit Gummistaub in Berührung gekommen war, hatte ich meinen letzten Asthmaanfall. Danach war ich vollkommen beschwerdefrei! Darüber waren Gretel und ich sehr glücklich.

Doch nach der Schließung des Betriebes war ich arbeitslos und hatte mich regelmäßig beim Arbeitsamt zu melden. Auf unbestimmte Zeit untätig zu sein und nicht gebraucht zu werden, gefiel mir überhaupt nicht. Manchmal war ich nahe daran, den Mut zu verlieren. Aber Frau und Kinder gaben mir Halt und Zuversicht. Als ich nach etwa sechs Wochen wieder einmal beim Arbeitsamt war, sah ich im Aushang die Anzeige:

Schwedisches Großunternehmen sucht Facharbeiter
(Dreher, Fräser, Werkzeugmacher),
Raum Mittelschweden.
Interessierte mögen sich bei Herrn Schneider melden.

Das hörte sich nicht schlecht an, war ich doch ohnehin von der soliden Ausführung schwedischer Kugellager angetan. Ob es unter all den Arbeitssuchenden vielleicht eine Chance für mich gab? Herr Schneider reichte mir ein ausführliches Informationsblatt, in dem man auch darauf hinwies, dass es in Schweden keine Krankenkasse gab und es daher ratsam sei, sich seine Zähne vor der Ausreise noch in Deutschland behandeln zu lassen. Kindergeld gebe es und unter bestimmten Voraussetzungen auch Wohnungsbeihilfe.

Ich berichtete Gretel davon und wir beratschlagten, legten das Für und Wider auf die Waage: einen sicheren Arbeitsplatz mit sicherem Einkommen und dabei berufliche Erfahrungen im Ausland sammeln, war die eine Seite und das Zurücklassen von Angehörigen, Freunden, der vertrauten Umgebung und Sprache die andere. Am Ende aber waren wir überzeugt, dass wir es wagen sollten. Was hatten wir zu verlieren, wenn wir für fünf Jahre im Ausland lebten und ich dort arbeitete?

Schwiegermutter hatte große Bedenken, dass wir zu den »Wilden« gingen, wo einem die Bären auf der Straße begegneten, aber mein kleiner Spatz und ich waren zu diesem Wagnis fest entschlossen. Nachdem

Herr Schneider informiert war, setzte eine Reihe von Tätigkeiten ein. Ich hatte Schul- und Arbeitszeugnisse, ein polizeiliches Führungszeugnis, ein Gesundheitszeugnis, den Nachweis über meine gewerkschaftliche Zugehörigkeit und meine Entnazifizierung beizubringen. Dann am 6. November 1950 stellte ich beim Itzehoer Arbeitsamt mein Arbeitsgesuch als Dreher an meinen künftigen Arbeitgeber ASEA in Västerås am Mälarsee.

Bei den vielen Laufereien zum Arbeitsamt nahm ich manchmal den Weg am Coriansberg vorbei. In dieser Straße war der Wohnungspfleger Petterson mit seiner Familie zu Hause, von dem ich wusste, dass er seine Wurzeln in Schweden hatte. Seine beiden Söhne, Zwillinge, waren jünger als ich, bereiteten sich aber ebenfalls auf ein Arbeitsleben in Schweden vor. Herr Pettersson gab bereitwillig Auskunft und schenkte mir sogar seine schwedische Grammatik. Obwohl schon arg zerlesen, vertiefte ich mich darin, wann immer mir Zeit dafür blieb. Denn während der Übergangszeit nahm ich alle sich mir bietenden Beschäftigungen an. – Das Arbeitslosengeld wurde dann leicht gekürzt. – Manche davon waren richtige Knochenarbeiten, zum Beispiel die in der Itzehoer Zementfabrik *Alsen*. Hier mussten Schuten mit Zementsäcken im raschen Takt beladen werden, damit sie so schnell wie möglich die großen Schiffe in Hamburg erreichten, die an kurzen Liegezeiten interessiert waren. Für mich waren die sogenannten Springschichten neu und sehr anstrengend: Acht Stunden Arbeit, acht Stunden frei, acht Stunden Arbeit. Das schlauchte! Abends schmierte Gretel mir vorsichtig meine von sechzehn Arbeitsstunden schmerzenden Arme und Beine ein.

Dann im Februar 1951 der erste Lichtblick. Ich sollte mich beim Arbeitsamt in Rendsburg zu einem Vorstellungsgespräch einfinden und erhielt das Reisegeld dafür. Vor einer perfekt Deutsch sprechenden Kommission aus Vertretern von ASEA, der Gewerkschaft und dem Arbeitsamt wurde jeder Bewerber einzeln befragt. Es war schon Nachmittag, ehe das Ergebnis bekannt wurde. Ich war angenommen worden und durfte den Arbeitsvertrag mit ASEA unterschreiben. Später erfuhr ich, dass es außer mir noch einen Glücklichen unter den etwa fünfzig Bewerbern gab, nämlich Alfred Gosau aus Lägerdorf. Hätte ich zuvor gewusst, wie streng die Auswahl und wie wenig Aussicht auf Erfolg dem Einzelnen beschieden war, wäre ich vielleicht gar nicht hingefahren.

Da wir in Rendsburg noch etwas Handgeld bekamen, hatte ich bei meiner Rückkehr nach Itzehoe nichts Eiligeres zu tun, als zu Käse-Wenzel zu gehen und meine Familie mit einem großen Stück Käse zu überraschen.

Danach ging alles sehr schnell. Frau Gabriel vom Arbeitsamt, die in nächster Nachbarschaft wohnte, ließ mir von Herrn Schneider ausrichten, dass ich doch zu ihm kommen möge. Ich musste den Pass beantragen, aber um alles andere kümmerten sich die Behörden: Durchreisevisum für Dänemark; Visum, Arbeits- und Aufenthaltserlaubnis für Schweden.

Die Sache hatte sich inzwischen in unserer Gegend herumgesprochen. Etwas Sorge machte ich mir im Stillen, wie meine kleine Familie in den drei Monaten ohne mich zurechtkommen würde. Wenn meine Geldanweisungen in der Übergangszeit nicht rechtzeitig ankämen, was dann? Wie erleichtert war ich, als mir unsere Lebensmittelhändlerin Frau Schwarz vom Kremper Weg eines Tages sagte, ich solle mir keine unnötigen Gedanken machen, meine Frau habe unbegrenzt Kredit bei ihr. Dabei sah sie mich wohlwollend und offen an. Ich bedankte mich herzlich und als ich Gretel davon erzählte, fiel auch ihr ein Stein vom Herzen.

Mein Abreisetag war der erste Geburtstag unseres Sohnes Wolfgang. Er verstand vermutlich weder von dem einen etwas noch von dem anderen, aber mit seinem ausgeprägten Familiensinn schloss er sich lautstark an, als mein kleiner Spatz und unsere vierjährige Tochter Helga auf der Bettkante saßen und weinten. Der Abschied fiel uns nicht leicht.

In Flensburg schrieb ich den ersten Gruß an Gretel, in Kopenhagen den zweiten und auf der Fähre nach Malmö den dritten. Eine Glanzleistung für einen norddeutschen Schreibmuffel! Am 5. März 1951 um 23:10 Uhr betrat ich zum ersten Mal schwedischen Boden.

Zu Ostern waren wir noch nicht zusammen, wohl aber drei Monate später. Gretel schrieb mir gerührt, dass Frau Schwarz ihr zum Fest einen Korb mit Lebensmitteln und einigen Ostersüßigkeiten gebracht habe. Wir waren glücklich über ihre Verlässlichkeit. Ihre einfühlsame Geste machte Mut und gab uns ein Stückchen Urvertrauen zurück, das uns in den unruhigen Jahren ziemlich abhanden gekommen war. Ja, es waren gute Aussichten, denen wir entgegensahen.

Nachwort

Nicht nur das Kapitel, sondern auch das kleine Buch will ich hier enden lassen, allerdings mit einem kurzen Rückblick:

Mein treuer Reisekamerad Hans-Hugo Kropp kam nach dem Krieg nicht mehr an die Drehbank zurück. Ich habe nie erfahren, was aus ihm geworden ist.

Inge Sanders aus Erfurt, meine nachdenkliche Brieffreundin, schrieb nach dem Krieg an meine Mutter, ob ich zurückgekommen sei. Doch da ich bereits mit Gretel zusammen war, antwortete ich nicht. Und fünfundfünfzig Jahre danach waren meine Erkundigungen nach ihr ohne Erfolg.

Anders war es bei meinem ehemaligen Kriegskameraden Günter Krieger aus Bochum. »Ich fall vom Glauben ab!«, waren seine ersten Worte, als ich ihn nach sechsundvierzig Jahren überraschend an der Strippe hatte. Auf der Autobahnfahrt zu Madys Familie in Oer-Erkenschwick hatte mich das Ortsschild *Bochum* natürlich gleich an meinen alten Kumpel erinnert. Bei diesem Deutschlandaufenthalt trafen wir Günter und seine Frau Ursel gleich zweimal, denn es gab soviel zu erzählen! Madys Mutter hatte Kuchen gebacken und als wir gemütlich zusammensaßen, dauerte es nicht lange, bis Günter mich zu necken begann: »Der Mann hat Genie!«

In Zwangsgemeinschaften, wie der von Soldaten, war Kameradschaft in psychologischer Hinsicht überlebenswichtig. Hätten wir nur die hässliche Fratze des Krieges um uns herum gehabt, wäre uns wohl die Aufarbeitung vieler schlimmer Ereignisse noch schwerer gefallen. Jedoch meine ich, dass wir uns als Deutsche sehr schwer tun mit Erinnerungen. Berichten wir von menschlich positiven Erlebnissen, die es auch während des Krieges gab, heißt es oft: »Ihr habt wohl nichts aus der Vergangenheit gelernt!«

Was während meiner Lehrlingsjahre so aussichtslos aussah, traf zum Glück nicht ein, denn meine Kusine Annemarie wurde schließlich wieder völlig gesund, wenn auch erst nach Jahren. Ihre Tochter Heinke lebte bis zu ihrer Heirat weiter bei meinen Eltern. Als ich Annemarie im Jahr 2001 überraschend anrief – unsere letzte gemeinsame Familienfeier bei meiner Mutter lag immerhin schon über zwanzig Jahre zurück –, war Annemarie bereits im achtzigsten Lebensjahr. Sie hatte unsere Harzreise noch gut in Erinnerung, aber nicht, dass wir sie in St. Andreasberg Blumen pflückend angetroffen hatten. Und aus meinem Gedächtnis war total verschwunden, dass sie bereits als Schulkind stets Eierpfannkuchen gebacken hatte, wenn sie bei uns zu Besuch war. Wir lachten, weil wohl jeder seine eigenen Erinnerungslücken hat.

Ein hervorragendes Gedächtnis aber hatte Benny Schwartz. Als wir nach dem Klassentreffen 1995 wieder einmal miteinander telefonierten, meinte er schmunzelnd: »Aber unser Kaninchen wurde gar!« und blitzwach, aber altersmilde erinnerten wir uns an unsere schlimme Silvesterfeier des Jahres 1945.

Im Oktober 2004 erhielt ich einen Anruf aus der südschwedischen Stadt Alingsås. Eine Traute Persson geborene Koop überraschte mich mit der Tatsache, dass auch sie aus Itzehoe stamme und einige Jahre in der Oelixdorfer Straße gewohnt habe. Ihr Bruder Willi Koop aus Breitenburg habe ihr meine Jugenderinnerungen besorgt. Darin habe sie sich sofort vertieft und den einen oder anderen meiner Spiel- und Schulkameraden gleich »erkannt«, erzählte Traute; so zum Beispiel Armin Tietzer und Piet Gorsky, und natürlich auch unsere »Wirkungsstätten«. Leider sind Traute und ich uns wohl nie begegnet. Ein altes Schulfoto von ihr, das genau wie unsere Schulfotos den typischen Zaun im Hintergrund und die Beschriftungstafel aufweist, bestärkte mich in der Annahme, denn an so eine hübsche Deern hätte ich mich bestimmt erinnert!

Doch damit nicht genug. Im Juni 2006 erhielt ich einen Brief von einem Hermann Franzen aus Drage bei Hohenaspe, der zu dem Zeitpunkt mit Ehefrau Heike bei den Verwandten Traute und Per-Olof Persson zu Gast war. Da es sich dabei nicht nur um Familientreffen handelt, sondern auch um Per-Olofs und Hermanns Angelvergnügen, nutzten die Frauen diese Zeit stets für ein gemütliches Beisammensein. Diesmal sei die Rede von einem Verfasser gewesen, der über Itzehoe und übers Nachtjackenviertel geschrieben habe. Als Hermann sich dann das Buch vornahm, sei er baff gewesen, dass sich der Schreiber als derjenige entpuppte, den sein Freund Günter Katzer öfter beim Angeln in heimischen Gewässern erwähnt hatte. Außer Günter war ihm auch Armin Tietzer bestens bekannt. Beide waren schließlich bei der Freiwilligen Feuerwehr tätig, Armin in Itzehoe und Hermann in Drage. Die Welt ist manchmal ein Dorf, heißt es so treffend.

Im September 2005 meldete sich Uwe Petterson aus Ransta im nördlichen Västmanland und gab sich als einer der beiden Zwillinge vom Itzehoer Coriansberg zu erkennen. Das Hallo war groß! Sein Besucher war der Sohn des ehemaligen Kolonialwarenhändlers Lange aus Itzehoe, der ihn auch auf die *Itzehoer Lausejungen* aufmerksam gemacht hat. Vater Lange ist mir noch gut in Erinnerung, denn bei ihm hatte ich ein ausgezeichnetes Zuchtkaninchen, den Weißen Widder, erworben.

Ein Treffen hier in Kungsör mit uns ehemaligen Itzehoern wäre schön gewesen. Leider reichte die kurze Urlaubszeit nicht, doch wenigstens Uwe wollte mit seiner Frau zu einem anderen Zeitpunkt bei uns hereinschauen.

Wie man sieht, hat es nicht nur Wiecks aus Itzehoe nach Schweden verschlagen. Jede Familie hat ihre eigene Geschichte und hatte eigene Beweggründe, die Heimat zu verlassen. Die Berührungspunkte früherer Jahre und die damit verbundenen Erinnerungen scheinen nun im Alter wertvoller zu werden. Und sie stimmen froh.

Unsere Lebensgeschichte in Schweden steht auf einem anderen Blatt. Sollten Lebenszeit und Energie ausreichen, dann gibt es einen Teil, in dem von unserem Dasein in der Fremde und unseren regelmäßigen Heimatbesuchen die Rede sein wird.

Der Erlös aus dem Verkauf dieses Büchleins ist für die Freiwillige Feuerwehr Itzehoe bestimmt.